大英图书馆

·侦探小说黄金时代经典作品集·

水磨坊疑案

MURDER IN THE MILL-RACE:
A DEVON MYSTERY

[英]伊迪丝·卡罗琳·里韦特 著

朱琦 译

中国青年出版社

序 言

　　《水磨坊疑案》（美版书名为《为死者说话》）于1952年首次出版。E.C.R.洛拉克战后创作的很多小说都把背景设定在风景优美的英格兰乡村，这次是在德文郡的埃克斯穆尔。雷蒙德·费伦斯医生和妻子从斯塔福德郡的一个矿业小镇搬到了米勒姆摩尔村。这次搬家是因为费伦斯医生的身体状况欠佳，二人想换一种生活方式：在日本的两年战俘生活留下的阴影依旧困扰着费伦斯；作为全科医生，忙碌的工作也给他带来了无尽的压力。米勒姆是一个地广人稀的地方，原来的老医生即将退休，夫妇二人即将摆脱繁重的税务，过上"梦想中的生活"。

　　虽然作者在伦敦长大，但她一直对德文郡情有独钟。洛拉克曾多次在德文郡度假，描写那里的故事对她来说得心应手。"二战"后，她和其他人一样逃往乡村，搬到了英格兰西北部的伦斯代尔。洛拉克借笔下人物安妮·费伦斯说出："我不想沦落到被城市、烟尘、贫民窟、工厂和职业病之类的因素害死，我受够了！"。安妮还对丈夫说："从现在起，我就是一名农妇。不出一年，我就能赶着猪崽上街，和人讨价还价了。"

这对年轻夫妇的目的地是山顶的一个小村子。在那里，抬头是天，低头是米勒姆荒原。一个叫约翰·桑德森的管家告诉安妮："几个世纪以来，米勒姆摩尔村一直与世隔绝，远离城市、社会和世俗。这里的繁荣是因为大家彼此之间相互依赖，形成了一个整体……'在村里不能惹麻烦'虽然不是明文规定，但已是村里人心照不宣的铁律。你心里知道邻居的缺点和罪孽，但绝对不能当众说出来，这样会招惹麻烦。这么一个小社会里，人人都不想惹上麻烦。"

当地的一个叫布朗的老人也表达了对于这种社会生活本质的看法："如果你想要改变一个小村子，那你肯定是不受欢迎的家伙。村民们本质上都一样，都是普通人：会爱，也会撒谎；前一分钟还是无私的好心人，下一刻就变成了锱铢必争的自私鬼；前一天还是忠诚的枕边人，第二天就可能已经移情别恋。人性就是这么复杂。"雷蒙德·费伦斯持类似的观点，或许他也道出了作者的心声："当一群人生活在一起时……你就能发现各种人性都杂糅在一起——嫉妒、愤怒、怨恨以及所有的恶意都会交织着和睦、无私和真心的善意。"

管家桑德森还提到了一个叫莫妮卡修女的可怕女人。她管理着一个叫格雷玛亚的儿童院。一些村民觉得她是一个圣人，但桑德森并不这么觉得："她很危险，就像病毒和败血症一样危险……她不仅能把谎言说得以假乱真，还能在明知你看穿她的谎言时，依然面不改色地继续撒谎，连眼睛都不会眨一下。"最可怕的是，莫妮卡修女"了解所有人的一切"。

安妮对莫妮卡修女有一种本能的厌恶，形容她是一个"很邪恶"的人。很快，安妮便发现这个老修女在刻意给她招惹麻烦。当莫妮卡修女被人发现淹死在磨坊水流中时，熟悉推理小说的读者们可能不会对这个情节发展感到意外。麦克唐纳总督察将会再次出场，他需要克服村民们对于外来探查者的敌意，查出修女之死的真相。

E.C.R.洛拉克只是一个笔名，全名为伊迪斯·卡罗琳·里韦特（1894~1958）。在两次世界大战期间的"侦探小说黄金年代"，里韦特虽然谈不上侦探小说女王，却也在近30年里笔耕不辍，致力于侦探推理小说的创作。从首部作品《洞穴疑案》（1931），直至她去世后出版的《女杀手之死》（1959），乐观、执着的警探麦克唐纳，破获了以洛拉克为笔名的系列作品中的全部罪案。

里韦特还曾以卡罗尔·卡奈克为笔名，创作了另一个以警察胡里安·里夫斯为主角的系列作品。

　　莫妮卡修女不是洛拉克书中唯一一个只是表面虔诚的角色。里韦特显然非常厌恶以宗教面目示人的伪君子。我们认为这可能与她现实生活中遇到的这类人物有关，她的晚年居住在伦斯代尔，那里的人曾表示她书中的一些角色和一些当地居民有些相似。

　　我曾在博客中称洛拉克为"被大众遗忘的作者"。幸亏大英图书馆"侦探小说黄金时代经典作品集"的整理出版，她的作品才得以再度流传于世。这篇小说能让您充分领略到洛拉克描绘犯罪故事的能力，以及入选"侦探小说黄金时代经典作品集"的充分理由。

马丁·爱德华兹

英国警衔说明

由于"侦探小说黄金时代"系列小说的故事发生地主要在英国，书中机警睿智的侦探也以英国警察为主，所以在读者阅读本书之前我们先对英国的旧时警衔和称呼做一些简略介绍，以便读者更好地理解小说背景。

英国的旧时警衔主要分为5等（从高到低）：

警察总监（Chief Constable）；

警司（Superintendent）／总警司（Chief Superintendent）；

督察（Inspector）／总督察（Chief Inspector）；

警长（Sergeant）；

警员（Constable）。

伦敦以外地区的警署还有以下几种职级（从高到低）：警察局长（Chief Constable）、警察局副局长（Deputy Chief Constable）、助理警察局长（Assistant Chief Constable）。

另外，对于担任刑事调查部门或其他某些特别部门职务的警务人员，一般会在他们的职级之前加有"侦探（Detectives）"前缀，本书中译为"警探"。此类警务人员由于职责性质特殊，所以一般不穿制服，而着便衣执行任务。

在警务人员的升迁或训练等临时过程中，他们的职级还会加有"实习（Trainee）""临时（Temporary）""代理（Acting）"的前缀。

目 录

第一章

1

经常抄近道从陶顿到巴恩斯福德的司机都知道北德文海岸线边的米勒姆普赖厄斯。对于他们来说，那其实是一个很普通的地方。一眼看去，只有一座高高的教堂塔楼矗立在绵长的山坡上。如果你技术高超，利用好冲下对面山头陡坡的惯性，你就能开着最高马力，从坡上呼啸而过。而对于从东边来的游客们来说，只要开到这条从主路延伸出来的平整宽阔大道上，便意味着德文海岸就在前方不远处了。只要继续往前开，巴恩斯福德的宽河口便会骤然出现在他们的面前。空气中清新的水汽似乎在提示他们：再往前走一段路便能享受到海边的明媚风光。

米勒姆普赖厄斯并不是什么热门的假日观赏景点，不过那里的居民也没有特意吸引游客的想法。米勒姆是一个繁荣的小集镇。米勒姆普赖厄斯教区很大，散落在教区中的人家和住在米勒姆摩尔村的农民们都会通过米勒姆集镇而过着自给自足的生活。虽然镇上的主干道只能算勉强正

对着新修的主公路，但镇上的居民对此并不在意。米勒姆
镇还是最古老的议会选区之一，这儿以其本地发达的商业
和精明的商人闻名。米勒姆普赖厄斯的居民们都非常满足
于他们的石板大道，老式的乔治王朝时期风格酒馆，以及
那座古老的教堂（只有外来的游客才会为因为其内部正在
翻修而扼腕惋惜）。

　　安妮·费伦斯正坐在米勒姆的乔治酒店中。她的眼睛
里充满了好奇和喜悦，与这沉闷又无聊的房间形成了鲜明
的对比。天色已经晚了，长窗都被纱网和窗帘遮得严严实
实的。屋里摆满了维多利亚中期风格的红木家具，看上去
笨重不堪。桌子上摆了一整套巨大的调料瓶。安妮笑盈盈
地看向她的丈夫。"我很喜欢这里，"她笑着说道，"这里很
宁静。这个房间的风格也很统一，布置得很协调。"

　　"那是因为你没有看到你自己坐在这里有多么格格不
入，我的天使。你根本不属于这个地方。这里的饭菜永远
都是一个样——连卷心菜都一模一样。啤酒是不错——但
也永远只有这一种。"雷蒙德·费伦斯小心地看着妻子的
表情，眼里流露出爱意和一丝担忧，"米勒姆普赖厄斯……
带你来这里真是罪孽，安妮。这里只有古董和老掉牙的家
伙，没有跟你年纪相仿的玩伴，只有望不到头的荒原，你
只能去米勒姆集镇买东西。看看现在的你，再看看周围这

灰败的景象。我不禁开始后悔带你来到了这种地方。"

安妮笑了起来："你真是太不了解我了，雷。我们已经结婚四年了，但你却依然没有发现，我是这世界上适应性最强的生物，连变色龙都比不上我。不要再把我看作一个只会在鸡尾酒会上如鱼得水的女人了。从现在起，我就是一名农妇。不出一年，我就能赶着猪崽上街，和人讨价还价了。"

"我可不觉得。"他说，"你的确用不了两分钟就能学会别人的行话——我很清楚——但是现在远离了你所喜爱的一切，你怎么会开心得起来呢？这里没有能陪你斗嘴取乐的朋友，你曾经的生活都一去不复返了。"

"我的小蠢蛋，难道你还需要我再次向你重申，我最喜欢的东西只有一个吗？只要有你在，我在哪里都一样开心。我只要有了你，其他的一切都只是过眼的云烟。而且，你可给我好好记住了，我说我想要住在乡下可不是完全为了你。我不想沦落到被城市、烟尘、贫民窟、工厂和职业病之类的因素害死，我受够了！"她捏紧拳头，敲了敲桌子，"不要再说这些了。我一直记着我嫁给你时，你许下的誓言。你也不要忘记我的誓言。再给我倒一杯雪莉酒，为我们的健康和长命百岁，以及不会再有争吵而干杯吧。"

2

　　雷蒙德·费伦斯是一名医生。他出生于1915年，于1939年考取行医执照后加入了皇家陆军军医队。他曾被派驻到远东，一度沦为日本的战俘，侥幸活了下来。休息了几个月后，他加入了英国中部工业区的一家诊所，开始在斯塔福德郡的一个矿业小镇中工作。接踵而至的手术、无休止的夜班和少得可怜的休息时间压得他喘不过气来。因职业病获得的一点休息时间，他都用于继续研究哮喘和相关的神经紊乱疾病。这是他成为医生以来就很感兴趣的项目，还因此专门去伦敦，向曾经就读的医学院的一名医生请教。他和安妮·克莱门茨就是在那里相遇的。他们坠入了爱河，很快就结了婚。婚后的生活很幸福，唯一美中不足的是工作过于繁重，而且费伦斯在日本做了两年战俘落下伤病，身体每况愈下。他生了病，病情反反复复持续了一年。后来安妮劝他听取同事的建议："赶紧离开这里，去乡下继续做医生吧，这样身体会慢慢恢复正常的。"他们说道，"要是你继续像现在这样，连一年都撑不过去。"

　　安妮和雷蒙德都喜欢西部的乡村。当他们听说米勒姆摩尔村有一名老医生即将退休，安妮便半是催促半是强迫地让自己的丈夫赶紧去打听打听能不能去接任他的职位。

老医生的诊所在埃克斯穆尔的一个人口稀疏的区域；除了需要偶尔开车以外，这份工作还算清闲。雷蒙德·费伦斯也喜欢荒原，当他得知接受这份职位还会附送一幢不错的房子时，他彻底心动了。安妮匆匆忙忙地去看了看那幢房子，便让丈夫飞速办好了手续。安妮和雷蒙德赶在圣母领报节①前把所有的行李塞进了家具搬运车里，两人开着自己的车，来到了米勒姆普赖厄尼斯。由于他们的行李和家具明天一早才会送到，二人便先在乔治酒店暂住一晚。

3

雷蒙德·费伦斯刚开始了解米勒姆摩尔村的这份工作时，问的第一个问题就是那儿会不会提供住处。在那里工作了30多年快要退休的布朗医生显然不想让出自己的家，便告诉费伦斯：他们可以住在庄园主的道尔大宅。于是费伦斯决定先独自开车去米勒姆看一看。他告诉安妮，等他考虑好是否接受这份工作，然后再让她参与决定：她可以做最后的拍板，处理房子的手续，考虑是否宜居以及衡量这个决定对于她的利弊。

费伦斯挑了一月的一个雨雪天开车前往米勒姆。雨水混杂着空气中的烟尘，扑打在中部的矿业小镇上，升腾起

---

① 基督教节日，每年3月25日。

灰色的水雾，和阴暗的天空融为一体。他开车经过了格洛斯特和布里斯托尔，当汽车驶出布里斯托尔时，雨夹雪慢慢停了，郊野的绿意和生机让雷蒙德·费伦斯觉得自己仿佛都精神了几分。米勒姆普赖厄斯正刮着大风，没有下雪。眼前的道路笔直地通往荒野。天空很晴朗，但越是往前开，路边所积的干雪层就越厚。当费伦斯看到了米勒姆摩尔村时，他的脑海里闪过了一个念头："天，这简直就像一个法国山间小镇。"这座村子就坐落在山顶，高耸的教堂塔楼在西边橙红色天空的映照下格外显眼。教堂脚下的屋子房顶上都盖着厚厚的积雪，它们挤在一起，似乎也想努力向天上生长。虽然眼前的景色非常优美，但费伦斯当时的想法却是："这里方圆近20公里除了荒原以外什么都没有，往前只能开到海边。"

当晚，他借住在布朗医生家。他有些庆幸，还好自己将要住的不是这个老人的家。那是一座几乎淹没在灌木丛中的阴暗、潮湿又寒冷的小屋子，屋外茂密的针叶树、紫云杉、爱尔兰紫杉和雪松都几乎压到了窗户上。布朗医生看起来已经上了年纪，而且是个呼哧带喘的邋遢老头子。不过他头脑清醒，说起正事来也从不含糊。他绘制了一张大地图，向雷蒙德仔细介绍了分散在荒野中的住户和具体的位置，最后，他还提到了道尔大宅。大宅的主人是詹姆斯·瑞丁爵士，他住在大庄园里。"他们一直想把道尔大宅租出去，"布朗医生说道，"但是那个地方太偏远，没人想去那里久住；再说了，瑞丁家对租户的要求也很严格。反正那幢大宅一直没有租出去。他们应该会愿意让你住在那里。毕竟詹姆斯爵士和他的夫人也不希望村子里没有医生。你去了就知道了，那是一幢不错的房子——非常漂亮，也很有历史。"

第二天，布朗医生便带雷蒙德去看了那幢房子。晨光照在那座灰石大宅上，显得格外迷人。雷蒙德第一眼便喜欢上了这个地方。精美的竖框窗，精致的石板屋顶和高耸的烟囱都彰显出这是一幢结合都铎晚期和詹姆斯一世早期风格的建筑。围着大庄园和领地①的围墙一直延伸到道尔大宅，在一片修剪齐整的紫杉树篱前戛然而止，边上则是一大片开阔的草坪。雷蒙德粗粗看了看便问道："这里到底有什么问题？您可别告诉我这种大宅都租不出去，除非有什么可怕的内情。"

"这幢大宅没有任何问题。这里干燥通风，适宜居住，还进行了现代化的改造，装了下水管道，还有磨坊厂提供的水和电力，"布朗医生回答道，"唯一的问题在于，瑞丁夫人希望连带家具一起出租，但是人们不愿意接受。"

"连带家具？那可不是个好主意，"费伦斯赶紧摇了摇

---

① （旧时）领主自留地产。

头，"那说明租金会很高，而且还无法保障租住权。"

"我知道，我知道，"老布朗有些不耐，"但你可以找夫人谈谈。她很精明，没有看上去那么天真。而且詹姆斯爵士也不想再继续为一幢无人居住的大宅缴纳税收了。"

他们在大庄园的车道上见到了出来遛狗的瑞丁夫人。雷蒙德回到家后是这么向自己的妻子描述的："他们不像这个时代的人了，我想他们是在用传统的方式守着他们继承下来的资产。瑞丁太太大约65岁，身形高大，身上有爱德华①与亚历山德拉②般的气质。她年轻的时候显然是一个大美人；如今的她其实也很美：她满头银发，只是略显皱纹的脸上有一双湛蓝色的眼睛。她的言行举止让你不由对她产生一种敬意：她似乎深谙如何保持高贵的姿态。"

瑞丁夫人不失高贵优雅，欢迎费伦斯医生的到来。"我的丈夫从他伦敦的会诊医生口中听说过您，"她笑着说道，"我们希望您能决定留在这里。布朗医生工作非常辛苦，我也理解他终于想要放下束缚了。我带您去看看道尔大宅吧，您的妻子肯定会喜欢那里的，那幢大宅有一种独特的魅力。"

布朗医生见此便告辞了，留下雷蒙德·费伦斯单独和这位"旧时代的美人"。站在大庄园开阔的车道上，雷蒙

---

① 英国国王，爱德华七世（1841—1910）。

② 英国皇后，亚历山德拉王后（1844—1925）。

斯看了看四周开口说道："在这么高的山上建了这么多房屋真是了不起啊。"

"是的，从荒原看上来的景色会更美。"瑞丁太太回答道，"大庄园、道尔大宅和教堂都在我们的围墙之内，格雷玛亚看上去就在我们的围墙外，其实并不然——你可以看到那儿的屋顶就比教堂更远一些。它们都是在1590到1960年间建造的。"

"格雷玛亚？"费伦斯重复了一遍，"对了，那是一个儿童院吧？布朗和我提起过。这在偏远的村子里可不常见。"

"格雷玛亚是一个很独特的地方，"瑞丁太太回答道，"那里的历史源远流长，瑞丁家族世世代代以资助他们为豪。我们很喜欢让孩子们在这里，还有莫妮卡修女。她是院长，她对孩子们特别好。不过你肯定想好好看看道尔大宅。正巧今天天气这么晴朗，你可以看看那幢房子的采光有多好。"

雷蒙德·费伦斯跟着庄园女主人来到了道尔大宅。作为一个现代思维的人，他更关注实际问题：是否可以接受这座古老的房子？是否能满足生活上的需求？他和安妮能否安心地在这里生活和工作？瑞丁太太带着他参观大宅。她滔滔不绝地介绍着镶板和砖石，对于家具，地毯和瓷器的来头都说得头头是道。但是这些根本不是他想要知道的重点。不过当她偶尔等待他做出什么反应时，他也会礼貌地说几句场面话。费伦斯边听着瑞丁夫人滔滔不绝的介绍，边在心里数着房间，衡量空间大小，想象着自己该如何调整布局。最后他开口道：

"非常感谢您愿意花时间带我参观这个地方，瑞丁夫人。我想我已经对这座大宅有初步的了解。我需要一些时间好好考虑一下，我会写信把我的决定告诉您，您可以抽空给我答复。但是在我做出决定之前，得先让我的妻子来看一看，她是我们家中负责打理宅邸的人。"

"当然了，"瑞丁夫人笑容可掬地说，"她肯定会喜欢这里的。记得告诉她，在打理宅邸方面，村里也能提供很多帮助。我们的花园和家庭农场能提供各种各样的食物，这里的生活基本可以做到自给自足。"

当雷蒙德·费伦斯回到布朗医生的那个昏暗潮湿的客厅后，他问医生："瑞丁太太虽然看上去是一位和蔼的女士，但是她其实是一个非常敏锐的人，对吗？"

布朗医生却似乎有些嗤之以鼻："她是一个非常精明的女人，也非常能干。她和丈夫除了坐拥一个大庄园，两人都十分富有。不过，这都是瑞丁太太的本事，才让他们可以把家庭农场经营成赚钱的企业。菜园和温室大棚也有不错的收入。瑞丁夫人很有商业头脑，他们在北海岸也开拓了市场，专门给那边的豪华酒店提供温室培育的蔬菜。"

"要是她以为我和妻子会愿意住在道尔大宅里，看管那一大堆古董，而且支付高昂的租金，那她就大错特错了。鱼和熊掌总不可兼得。"

"那就直接告诉她。"布朗说道，"就算她发现你是个精明的人，她也不会因此轻慢你。我告诉你吧，他们家人以前经常来米勒姆普赖厄斯的诊所，不过现在已经不喜欢去诊所了。有一次，瑞丁太太只是因为身体不舒服而去诊所看病，结果他们建议她进行手术，"老医生边说边笑了起来，"这可闹得她很不愉快。"

4

雷蒙德一回去便把他去了这一趟后对于接任荒原诊所医生的想法全盘告诉了妻子："那荒原周围零零散散的农户都会到那个诊所就诊，山顶的村子只是一小部分而已。荒原上有几个农场边上还有一些小农舍，形成了一个个小小的村落，还有一个以开采锡矿为主的小村庄。那些房子看上去非常原始，但是村民们却充满了活力。村里有不少孩童，大多还是老年人。我想那应该会是一个不错的选择。荒原的环境还让一些人得了营养缺乏症——我肯定不会闲得没事做。"

"那道尔大宅呢?"安妮问道。

　　雷蒙德笑了起来："那幢房子很漂亮，安妮，但是对于我们俩来说太大了。不过我想我已经摸清楚到底怎么回事了，我来告诉你。那幢房子里面装饰得像是一个贵妇过世后留下的大宅。瑞丁太太想要保持原样，如果詹姆斯爵士发生什么意外，她就能随时搬进去居住。她打的算盘是让我们俩住在那里，出供暖费，打扫大宅和看管那堆老古董，顺便再给她支付一大笔租金。而且配家具的租房是无法保证连续租赁权的，她可以随时把我们赶出去，根本不需要和我们商量。"

　　安妮点了点头："我同意，那又怎样？"

　　"我仔细观察后认为，一楼的空间已经足够我们俩生活了。餐厅外有一间管家用的食品储藏室和备餐室，你可以将那里改成厨房；有一间晨间起居室，可以用作我的书房；一间客厅；另有两间房作卧室；剩下一间可以改作卫生间。我向瑞丁太太提出我愿意出150镑一年租下那个房子，不过我们只会住在一楼，外部的大厅将改成手术室。然后，我会以少量的租金再把楼上的房间和旧厨房转租给她，让她存放古董。她可以通过后门和服务梯进出查看她的物品。地窖里有一个中央供暖装置，她的佣人们会来添置炭火，我们可以按照比例分摊费用。"

　　"你的胆子可真够大的，她绝对不会同意的。"安妮说道。

"她已经同意了，原则上来说，"理查德说道，"她是一个聪明人，她明白这是一个合理的提议。她能收取房租，不需要再缴纳税收，而且房子的大部分空间都可以用来储藏她的东西。改装房间的费用很低，搬运她的家具也不是什么大工程。所以接下来就交给你了，你可以去亲自看看，到底喜不喜欢那里。"

"你还真是让我刮目相看，"安妮说，"她肯定对你的印象很好，才会同意你提出这么大的改动。"

"我倒是觉得她有些可笑，"雷蒙德说，"她看上去非常优雅、宽厚和高贵。但是我怀疑她出身于工业革命中涌现出的那种强盗资本世家，还带有那种时期刻到骨子里的压榨意识。你和她打交道的时候，可得瞪大眼睛。她还表示可以为我们提供一些家庭农场产的牛奶、鸡蛋和家禽，如果我们有需要的话，也可以找他们买奶油和黄油。水果和蔬菜可以从他们用庄园菜地改建的蔬菜市场购买。当然了，在那个市场上还能买到鲑鱼和鳟鱼。"

"我……我的天啊，她以为我们是有钱人吗？"

"我绝对没有在她面前流露出这种迹象。我想她非常清楚在那里开诊所有多赚钱，她希望也能从中牟利。那一切的转变实在是太戏剧化了，安妮，这简直是封建制度与现代商业方法的结合。"

"村子里还住着些什么人？"

"还有几十个居民。那里的人们主要靠着土地和庄园谋生——森林里有很多宝贵的东西：一条巨大的瀑布给整个村子提供电力，还有一个锯木厂。村里有一家不错的小酒馆，是庄园的前管家开的，还有一家铁匠铺和一两间商店，当然了，还有牧师夫妇。村里还有几位绅士阶层的怪人，都是上了年纪的。还有格雷玛亚儿童院的院长，莫妮卡修女。人人都说她是一个很好的人。"

"她有什么故事？"安妮突然问道。

"我只是见过她一面，那个儿童院和我也没有关系。老布朗经常会去那里，他很喜欢那里。但是莫妮卡修女的脸上总是一副特别虔诚的表情，我不是很喜欢这样的人。不过她和她的儿童院也不归我管。"他停顿了一下，安妮便接上话来：

"听起来有点奇怪，不像是那种普通的小村子。"

雷蒙德笑了起来："你说得很对，亲爱的。的确非常奇怪——所以才非常有意思啊。这个村子在一座山顶上，非常偏远。那里背对着荒原，没有电影院、连锁商店、铁路和各种旅行者。米勒姆摩尔村与我们熟知的世界之间有将近20公里的车程，但是他们生活得很满足，有他们的过节，也有他们的忠诚，他们有着自己的生活方式。这就是一件非常有趣的事。但是最后的决定权还是在你手上。我下个周末开车带你去那里看看，你可以到时候再下决定。"

"我想我已经有决定了。"安妮说道,"我们说过应该换一种生活方式,米勒姆摩尔村仿佛就是最合适的选择。"

"你要慎重考虑,我的天使。那是一个非常遥远的地方。"

"背靠荒原,面朝大海。"安妮说,"那里就是我们离开工业化城市后,安心培育自家菜园的梦想之地。"

第二章

1

　　安妮看到道尔大宅的第一眼就下定决心了。她很清楚这是一幢散发着魅力的大宅。她的心已经完全被那些洒满阳光的房间和比例完美的雕饰石砖抓住了。她同意雷蒙德的看法，一楼的空间已经足够他们二人日常的生活了：那间古老的大厨房和服务梯可以封闭不用，交给屋主用作储藏室。院子不大不小，正适合她来打理。安妮只有几个小时的时间来观察，测量和记住新家的布局。瑞丁夫人只来了几分钟，见了见未来的租户，便识趣地离开了。她表现得通情达理，让庄园大管家来和他们商讨一些必要的调整。管家为他们提供了不少有用且合理的帮助。那已经是一月的事了。

　　在圣母领报节这天，雷蒙德医生一大早便开车带着妻子从米勒姆普赖厄尼斯出发，想赶在行李送到之前先抵达道尔大宅。三月的微风带着天空中的丝丝白云，缓缓滑过湛蓝的天空。路边的黄水仙优雅地轻轻晃动着。金柳树上刚抽出的新芽在阳光下似乎有些羞涩。极目远望，整个荒原化作宁静的背景，上面层层叠叠的灰色、棕色、淡紫色田野，犹如无限延伸的城墙直达天际。

雷蒙德昨日的焦虑已经一扫而空：当他打开道尔大宅的大门时，安妮脸上的神情已经让他放下了一切。大宅里空无一物，竖窗里洒下来的光影让所有的房间看上去非常祥和与温暖。安妮从装有白色墙板的客厅走到暗色的书房，从蜜色的卧室走到褐色的餐厅。她仔细端详着精美的厨具，在旧备餐台里新安装的不锈钢水槽，以及放在旧管家餐具室的橱柜。然后她跑到装修好的卫生间里，看着新贴的地砖面和洗手台，高兴地喊道：

"雷，这里真是太棒了！一切都是这么完美！我再也不嘲笑贵族阶层的人了，这次他们真是尽心尽力了！"

"我觉得这里很不错，没有用什么劣质的替代品。"

"我会爱上这幢大宅的，绝对不想去任何地方了。我会把所有的时间都花在打理这幢大宅上，把这里变成一个美好的梦境。雷，快来和我一起坐在窗前的阳光下，再多和我说说村子里的人。我最好能在去认识他们之前先记清楚他们的住处和名字，我最不擅长记名字了。"

"好啊，那我们就从阶级最高的人说起：詹姆斯·瑞丁爵士和他的夫人，你绝对不可能忘记他们的。如果按照阶级算，接下来就该介绍牧师和他的妻子了：埃夫斯雷·金斯利牧师和金斯利太太。他很瘦削，但是他的妻子可是个壮实的女人，我敢说她私下里肯定会欺负他。他们都上了年纪，非常看重自己的地位。我猜他们肯定不接受任何进步或改造的想法。金斯利太太肯定会来拜访你，你要做好准备。其他可能会来拜访的人有蒙克米勒姆的斯塔夫里上校夫妇——也是上了年纪的一对夫妇——还有库姆贝登的布雷斯韦特小姐。你应该会喜欢她。老布朗说她说话一副激进派的样子，说明她并不守旧。地方的士绅大概也就这几位了。"

"和我说说村民们。"

"我自己也没有非常了解，我的天使。我听说村子里最有头有脸的人物就是杨夫人了，她负责管理邮局、村杂货店、妇女协会、市场以及所有重要的大小事宜。你最好能和她交上朋友，她在村里有不小的权势。酒馆的主人名叫西蒙·巴拉康。他曾经是一名管家，你一眼就能看出来：只知道忙里忙外、点头哈腰，不像个酒馆老板。不过他的妻子很会招待客人，如果我们想邀请别人来做客，可以请她来帮忙。你已经见过管家桑德森了。我对他的印象很深。如果你有什么想知道的事，问他绝对没错。每个小村子往往都有一些独有的规矩，到处都会有一些流言或丑闻什么的。如果你能事先找一个旁观的局外人打听清楚状况，就能帮你更好地融入进去。"

　　"我想你说得没错，"安妮说，"我是该小心点。小村庄往往会提防着新来的人。有人在门口吗，雷？"

　　"我没有听到什么声音。"

　　安妮跳了起来，跑过房间。他们原先坐在朝南的客厅里聊着天，大宅的大门正对着阳光敞开着。安妮往客厅的门外看去，发现门口有一个人影。当她跑到门厅时，不由得发出一声惊呼。有一个身形高大的人站在门口。逆光下阴暗的身形让安妮心中突然涌起一丝不安，仿佛站在她面前的是一个她从未接触过的生物。

2

　　"是托灵顿小姐吧？这位就是我的妻子。"

　　雷蒙德轻快的声音从身后传来，似乎将安妮拉回了现实中。她意识到自己正沐浴在新家的阳光中，同时也反应过来了——这个高大的女人肯定就是格雷玛亚的莫妮卡修女。她原本就很高，那一身深色的长斗篷和19世纪医院护士们佩戴的头巾把她衬得更为高大；深色的丝质头巾中央分开，服帖地披在她那一头茂密的银发上，而她的眼睛却黑得出奇。安妮调整了一下情绪，握住了她的手，但是她的脑中的想法却是："她真是太完美了……令人难以置信……"

"很抱歉打扰到你们了，"修女说到，"我以为这幢屋子还是空的，你们晚些时候才会来呢。我带了一束花，想欢迎你们的到来。这是孩子们为你们摘的，这是我们格雷玛亚大家的心意。罗斯玛丽，亲爱的，把花给费伦斯太太吧。"深色长斗篷后突然闪出一个漂亮的小姑娘。她的脸上面无表情，沉默着将一束花递给了安妮。安妮接过花，喜悦地惊呼了一声。

"真是太美了！你们真是太贴心了——我很喜欢黄水仙。看，雷蒙德，多漂亮啊。"

这束鲜花的确很美丽：小小的黄水仙、紫罗兰、萤草花和其他的小野花巧妙地编在一起，并用彩纸精心地包了起来。"这是我收到过最美的花束，罗斯玛丽。太感谢您了，托灵顿小姐。我真是太感激你们了。"

"你喜欢就太好了。大家一般都叫我莫妮卡修女，如果你不介意的话也可以这么称呼我，费伦斯太太。我不会久留的。我只是想祝你们乔迁快乐。说再见了，罗斯玛丽。也许费伦斯太太以后会来看我们呢。"

"我一定会去的。"安妮边说边弯腰想亲吻罗斯玛丽，但是小女孩立刻往后退缩了几步。她的眼睛里闪着惊恐的光，躲到了修女的黑色袍子后。

"请原谅，她很害羞。"莫妮卡修女说道，"她很快就会和你相熟的。很高兴能让你在米勒姆度过了快乐的第一天，再见。"

她的声音低沉柔和。她对安妮和蔼地笑了笑——但是她的眼里并没有笑意。安妮边挥手向二人道别，边不停地道谢。等她们离开后，她便跟着雷蒙德回到了客厅。这次，她关上了身后的门。

"我的天啊！"她惊呼道，"这女人可真是的！她吓了我一跳！你为什么不早点提醒我？"

"我以为我已经提醒过你了，我的天使。我和你说过我不喜欢她。我总是不喜欢虚伪的虔诚信徒。"

"我忍受不了她的眼神。那一身老式的袍子都只是做做样子，那肯定会吓坏小孩子的。她肯定是个假信徒。"

"好了，安妮，不要对那个女人太苛刻。我承认她的确像个不讨人喜的幽灵，但是别忘了，她管理儿童院三十多年了，人人都对她充满敬意和肯定。而且她还会为教堂做事，她做过村子里的急救护士和助产士。在战争期间，她还负责了红十字会和其他的募捐工作。我承认，我很庆幸我不需要和她有什么工作上的交集——老布朗依然是格雷玛亚的医疗人员——但是我们俩遇到莫妮卡修女时都一定要小心，也记得千万不要对任何人谈论她。"

"我知道。我又不是傻瓜，雷。但是我从没遇到过第一眼就让我这么讨厌的人。我看到她的影子都穿进门厅了。"

"她本来就身形高大，你不该怪她的影子太长，亲爱的。她带花来就是想表示友好，这些花很漂亮。"

"的确很美，但是，雷，你没有发现她其实一直在听我们说话吗？她肯定听到了我们的声音，却没有按门铃或敲门，也没有叫我们。"

"是的。她是一个很有城府的人。她虽然看起来很和善，但是她其实非常强势。一直以来，她在她的领地里说一不二。她肯定是一个多管闲事的人，甚至觉得那就是她的职责。好了，不说这些了。我们都不喜欢她，不过不要忘了，她是这里的大人物。你听，安妮，是货车的声音，我们俩可有事情忙了。"

3

安妮·费伦斯那天早上忙到根本没有心思再去想莫妮卡修女的事情。安妮是一个有条不紊的人，在家政管理方面也很有天分。她早就想好了东西放在哪里。她一直盯着货车司机，确保所有的东西都摆放在了她预想的位置。她每隔一小会儿就会忍不住停下来为自己唱一小段赞歌，因为她和雷蒙德做出了一个正确的决定：用旧式的家具，不用现代化的家具。他们在决定是花钱买现代化"多功能"风格的家具还是收旧式家具的问题上费了不少工夫。安妮最终的决定一部分是因为她从父母手上继承了一套漂亮的旧式家具，还有一部分是因为她觉得现代式的家具非常乏味，缺少个性。所有的家具摆放就绪后，安妮不得不承认，房间看起来依然是空空的，但是却恰到好处。木质的地板非常精致，铺上什么地毯或毛垫都只会看上去像是海上的孤岛，那又有什么意义呢？安妮最喜欢的就是宽敞的空间。

到了该吃午餐的时候，雷蒙德带她去了米勒姆盾徽酒馆。他们一起享用了来自詹姆斯爵士河域的鲑鱼。前管家西蒙·巴拉康隆重地接待了他们。他慢条斯理的动作几乎可以用虔诚来形容。饭后，他们还享用了在英格兰的酒馆享受不到的待遇——一杯上好的咖啡。饭后，雷蒙德去支付账单，安妮则一个人走到了酒馆外，饶有兴趣地打量着村里的街道。她站在一个高台上，面前有一个小小的广场，广场后就是教堂的石墙、庄园和道尔大宅。主路沿着陡峭的山坡一路往下延伸，两边的小屋上都盖着厚厚的茅草，因长期日晒雨淋而微微褪色。每幢小屋的窗沿下都有一片花坛。南庭荠、南芥和虎耳草呈地毯状栽种，旁边盛开着淡紫色、白色、黄色和粉红色的水仙花。安妮在一个工业城镇里过了四年单调的生活，这些鲜花、农舍和茅草对她来说就像是美妙的诗歌和音乐。她兴奋地四处张望，眼里充满了快乐，路过的村民们见到她也会向她微笑。

雷蒙德结完账后，走出来站到她的身边，开始向她介绍："邮局在你的右边，是那幢粉红色的小屋；铁匠铺在山下，也是在右边；桑德森的家是那幢白色的房子，磨坊在山脚下的桥边；教区牧师住在教堂后的小屋里，格雷玛亚也在那后面；那里还有一个修理厂，一间小店和村委会。大致就是这些了，村里还有一间幼儿园。大一点的孩子都会被送到米勒姆普赖厄斯，否则他们的父母会有意见。"

两人慢慢走到小广场，安妮说："刚刚那顿午餐很不错，花了不少钱吧？"

雷蒙德皱了皱眉头："对于一家乡村酒馆来说，价格是有点高了。不过你也说了，那顿午餐很不错。我还喝了雪莉酒和这么多年来除了你做的之外最美味的咖啡。"

"酒馆那个西蒙是个邪恶的老家伙，这是我的直觉。"安妮说，"谢谢你带我吃了这顿午餐，不过以后还是别来了。"

雷蒙德·费伦斯不由得笑了，他们穿过铁门，往道尔大宅走去："我一直以为你是一个非常善良、仁慈的女人，安妮，我以为你会很包容贫困落后的人呢。你现在才见了四个村民：我们的贵族房东，你确信他们肯定会高价卖给我们农产品；可怜的老布朗，你第一眼看到他就说他

是个坏家伙；西蒙·巴拉康，你说他很邪恶；还有莫妮卡
修女，你说她是一个假信徒。"

"她绝对很邪恶，我很清楚。"安妮说道，"这个村
庄看起来非常淳朴，雷。世上还有比这里更干净的地方
吗？"她停了下来，回头看向那一排阳光下的小屋。她的
丈夫笑了。

"人性从来不简单，我的天使。当一群人生活在一起
时，不管是在小镇里还是在村子里，你总能发现各种人性
都糅杂在一起——嫉妒、愤怒、怨恨以及所有的恶意都会
交织着和睦、无私和真心的善意。这个地方很美，斯托顿
很脏乱。但是如果一名社会学家对这两边都进行充分的分
析，就会发现，其实善与恶所占的比例是一样的。不过我
喜欢人性，就算是人性的罪孽，有时候也是可爱的。"

"嗯，你说得完全没错。"安妮认真地回答道。雷蒙德
却笑了起来。

"人无完人，亲爱的，你不是，我也不是，任何人都
不可能是。记住，乡村总是看上去很美好，城镇总是看
上去很肮脏，但是不论在乡村还是城镇，人性都是一样
的——都是善与恶交织在一起。我最讨厌的是那种自以为
是百分之百好人的家伙。好了，今天下午，你是想让我继
续搬运行李，还是放我去布置好我的手术室呢？"

"你去布置你的手术室吧，雷，或者去诊所找那个讨厌的老家伙聊聊他的一堆疑难杂症。我知道你已经迫不及待地想要大展手脚，治好一个肺炎病人，或者成功接生一对难产的双胞胎。搬家的体力活都已经结束；接下来，我只要铺好床，收拾干净屋子就好了。五点喝下午茶，可别迟到了。我保证我不会再对任何人评头论足，或者说别人是邪恶的家伙。"

"该轮到村民们说你的坏话了，"雷不禁笑了起来，"现在大家都已经见过你了，正迫不及待互相说这个'荡妇'的坏话呢，上帝保佑他们。"

4

正当安妮拿出扫帚和簸箕时，前门的老式门铃突然响了。安妮打开门，发现门口有几个人正在等她。他们站在一起，看上去有些奇怪：瑞丁夫人站在门廊上，宛如一幅娴静高雅的画像；她的身后站着一名身材丰满的农妇；车道上停着一辆独轮车，边上站着一个老人和一个亚麻色头发的男孩。

"欢迎你住进道尔大宅，费伦斯太太，希望你和你的丈夫能在这里过上快乐的生活。"瑞丁小姐微笑着说道，

"我不得不来打扰你。我知道你现在肯定很忙，但是我要带别尔太太来认识你一下。如果你有什么需要，她可以留下来帮助你。她能帮你把这旧木地板擦得锃亮。托马斯给你带来了一些花房里摘下来的花朵，作为我们送你的乔迁礼物。这些马蹄莲很衬这座房子，等这些花瓶里的花枯了，他会帮你再去摘一些新开的鲜花。小迪克会为你送来牛奶和奶油，如果你需要一些蔬菜，也可以告诉他。我就不久留了，我知道你肯定很忙——如果家里需要帮忙，你可以直接去找桑德森。"

安妮有些意外，她看着花瓶里的马蹄莲和百合结结巴巴地说道："太……太感谢您了，瑞丁夫人。"老妇人微笑着说道："不用客气。你们这对璧人愿意住在这里是我们的荣幸。我很高兴能和你们做邻居，亲爱的。"

说完她便匆匆离开了，宽大的外衣在风里猎猎飞舞着，好像一艘扬着满帆的汽船。别尔太太和蔼地向安妮打了声招呼：

"下午好，太太。夫人有时候就是这样，做事情雷厉风行的，但她心地很善良。如果现在不需要我，我便回去了。不过要是你想让我帮忙打扫并给地板打蜡，我马上可以开始。"

"我正需要你呢，别尔太太，快进来吧。"

农妇听到安妮的话，便转过身对老托马斯说："赶紧问问费伦斯太太，能不能把这瓶花放在门廊上，顺便再问问她今晚需要多少牛奶。你这双沾满泥巴的靴子别想踩上来！"

被家务压垮的主妇们肯定做梦都想要一个像别尔太太一样的帮手。她麻利地收拾干净货车司机上午留下的垃圾杂物，马上开始给地板打蜡。安妮正好可以腾出手，去卧室铺床。她不由感叹：在大房子里做事情比小房子方便多了。当她收拾完卧室，走进客厅时，已经快四点了。客厅的地板已经锃亮，房间里整整齐齐的，那一小瓶马蹄莲静静地摆放在宽窗沿上。别尔太太正在将格雷玛亚送来的花束放在壁炉架上，她看到安妮走进来，说："看来你已经见过莫妮卡修女了，太太。我一眼就认出她送的花束，她组合花朵的方式非常特别。"

"我觉得很漂亮，"安妮点了点头，"你应该认识莫妮卡修女很久了吧，别尔太太？"

"没错，太太。从她三十年前刚来起，我们就认识了。她现在戴的头巾和穿的衣服与当初一模一样。这么多年来，她只是白了头发而已。也许对外来的人来说，她看上去是有点奇怪和过时，但是我们已经习惯她的这身打扮了。我的侄女圣诞节会回来陪我，她是从普利茅斯来的。她第一次见到修女时，可是吓了一大跳。但是修女是一个很善良的人。老布朗医生对她的评价很高，牧师和瑞丁夫人也很喜欢她。"别尔太太环视了一下整个房间，继续说道，"太太，我可以教你怎么用雅家炉①，我已经用惯了。庄园里装了两个，我知道一些使用的小窍门。"

"那你知道的肯定比我多了，"安妮笑道，"我可是一无所知。"

"只要你掌握要领就会很方便，"别尔太太说，"我称那些小窍门为'奇迹'。"

"就像莫妮卡修女一样。"安妮说道。

别尔太太看了她一眼，慢慢说道："修女在这里很久了，也许她也有她的小窍门。"

当天的最后一名访客是管家约翰·桑德森。他四十岁左右，身材高大，看起来很安静。费伦斯夫妇都很喜欢他，觉得他是一个待人和善、值得信任的人。

"我来看看你是否需要帮忙，费伦斯太太。这些老房子经常会有一些奇怪的毛病，我们有几个老伙计很擅长一些简单的修理工作。"

"真是太感谢你了，"安妮说，"大家都很热情，我非常感激。你们已经把这里布置得很美了，我很满意。唯一美中不足的是，客厅有一扇窗户打不开了，我觉得好像卡

---

① 中产阶级农场大庄园使用的铁炉。

住了。"

"我们马上会来看看，我会派人来修理。这些木头都有些年头了，总会出现一定程度的收缩或膨胀。"他穿过客厅，准备去看看窗户的情况。安妮注意到他瞥了一眼壁炉架上的花束。

"这是莫妮卡修女给我送来的花束。"安妮说道。约翰点了点头。

"我知道，这是她的特殊礼物。"

"她看上去是个人物。"安妮佯装懵懂地说道。

"是的，我觉得她是个人物。"他回答道，"只要你在村里生活，你就会明白这一点。"他停顿了一下，继续补充道："莫妮卡修女对人好恶分明，我就是她不喜欢的家伙。我会派人来修好这些窗户，费伦斯太太，还有别的事吗？"

"没有了，非常感谢你。"安妮说道，"屋子里没有别的事了。"

他转过来看着她，眼里似乎闪着诙谐的目光："如果你想知道更多关于莫妮卡修女的事……"

"你只能说她是个奇人。"安妮笑了起来。

"你说得太对了，"他说道，"再见，希望屋子里的一切都能正常工作，有什么问题就告诉我。"

5

雷蒙德在下午5点到家的时候发现下午茶已经准备好了，妻子正穿着一身漂亮的连衣裙，像一位贵族太太般坐在偌大的客厅里。"我的天使，你真是太能干了。你收拾的速度都破纪录了。"

"其实很轻松，"安妮说，"大家都热情地帮我。瑞丁夫人带来一位非常能干的农妇来帮我打扫，还送了一瓶花。这些马蹄莲看上去是不是很圣洁？这个村庄真是太完美了。"

雷蒙德听到这个词后扬起了眉毛，瘦削苍白的脸上浮出一丝微笑："你知道吗，我觉得接下来，我们将从字典里删掉这个形容词，安妮。"

"就像一位杰出诗人重新定义某个词，我们便放弃使用该词原有的意思，"安妮说，"也是因为一样的理由吗，雷？——因为这个词的含义太深刻，但是人们的理解太肤浅？"

"我们不要争论这个事，"说着，他窝进一张椅子里。松软的坐垫很舒服，却又恰到好处没有让他深陷其中，"我们一不小心就能让'完美'这个词成为话柄。"

"你说得太对了，"她笑了起来，"你打听过她在这里的名声吗？我觉得我的看法没错，雷。她就是一个坏人，但是没有人敢大声说出来。"

"根据我的消息来源，也就是老布朗所说，她是上帝创造出的最高尚的人。然而，我收集到的更多间接证据表明，她是大部分村内冲突的主角。这些人都在这里住了很久了，有医生和牧师，庄园主和儿童院长，邮差和邮局局长。住在磨坊南边的维纳一针见血地指出：'这下我们总算有些新鲜血液了。'你一定得去看看那个磨坊，安妮。那个瀑布的力量真的很神奇。"

"我方便的时候会去的，先生。我要先梳理清楚我的事：首先，不要被我们高贵的庄园夫人摆布，要是我不留神，她甚至会帮我安排好我的晚餐。其次，不要被莫妮卡修女催眠，她是邪恶的化身。最后，不要向园丁老托马斯让步，他想要掌管我们的菜园。你快来看看这炉子，已经可以使用了。中央供暖也已经能正常工作了，真的很……了不起。"她意味深长地打住了话头。

"的确很了不起，"雷说，"你今天真的做了很多事，我的天使。你感觉这里怎么样？"

"这里很好，"安妮说，"但是我们要小心避免使用那个禁止使用的词。肺炎诊治的结果怎么样？"

　　"那不是肺炎，不过詹姆斯爵士有轻微的哮喘。所以我才能这么早回来和你在一起。"

　　"那就好。"安妮说道。

第三章

1

安妮·费伦斯待人热情，很快就融入了这个村子，和村民、"上流人士"都打成了一片；她发现这些村民们可比"上流人士"要更加可爱。"那些上流人士总是在抱怨，但是村民们看上去总是无忧无虑的样子。"她对她的丈夫说道。

雷蒙德说："这很正常。村民们现在的生活比以前都好，但是那些上层阶级的生活却每况愈下。有些人，比如瑞丁夫人，有精明的头脑，能够顺应时代，但更多人，比如可怜的老斯塔夫里夫妇，只能坐在家里抱怨着'当代英格兰'带来的不公和困苦。然而正是'当代英格兰'才让我们过上了这样的好日子。你会变成一个肤色健康的姑娘，而且越来越漂亮，安妮。"

"谢谢你的夸奖，我也想说你看上去也没有那么像是成天窝在地下室里的家伙了，雷。保持这种势头，过不了多久我就会夸你充满男子汉气概了。"

米勒姆摩尔的村民天性保守，不信任外来人。当他们第一次见到安妮·费伦斯时，都被她身上散发出的活力和魅力所震慑了：她打扮得像一个吉卜赛女郎般鲜艳；黑色的头发分成几股，整整齐齐地盘成一个发髻，垂在脖子后；深褐色的眉毛微微上扬，那双乌黑的眼睛似乎会说话；她的肤色较深，就算没有涂常用的樱桃色口红，她的嘴唇依然泛着年轻的血色。她很爱笑，一笑就露出两个深深的酒窝。她喜欢明亮的颜色：猩红，亮橙，明黄，翡翠绿和樱桃色，没有什么亮色是安妮不敢穿的。虽然村民们一开始有些惊讶于新医生的年轻妻子所带来的时尚感和活力感，他们很快也就习惯了她的打扮，也喜欢上她的热忱和对于一切新鲜事物的好奇心。

费伦斯夫妇搬进道尔大宅几周后，安妮·费伦斯收到了莫妮卡修女寄来的一封信。信里用老式的口吻邀请她去格雷玛亚喝茶。彼时夫妇二人正在享用早餐，安妮将信丢给坐在餐桌另一头的雷蒙德："我想总是躲不过去的，不如就去一趟，也算了了一桩事。我会时刻保持警惕，处处小心。"

"不用这样，我的天使，"雷蒙德说到，"就当是参加那种你不喜欢的社交场合。保持礼貌和风度——你很擅长这两件事——有机会就赶紧脱身，不要多言，只说些陈腔滥调。"

安妮坐了下来，想了想，说道："我觉得这个女人不适合去照顾那些小孩子，雷。"

"安妮，你要明白，"雷蒙德说道，"格雷玛亚不关我们的事。有一个称职的医生负责那个地方；管理委员会也会定期去视察，郡里的高层也知道这个地方，他们认为可以将无家可归的孩子或者行为不当的少年送到这里。这与你我无关。"他停顿了一下，继续说道，"我们一定要小心，安妮。三十年来，莫妮卡修女在这里深受大家的信任。我说过我并不喜欢她。我觉得她是一个掌控欲强、思维狭隘的老女人，但是她已经渗透到这个村庄的每个角落，她在这里有很大的影响力。如果我觉得凭借我的干涉可以改变现状，我一定不会犹豫，并会承担后果。但是我觉得我的干涉是没有用的。"

"如果有一个你自己喜欢的孩子被送到那里，你也会这么想吗，雷？"

"我不知道，我也不会就一个假设的情况进行争辩。在我看来，这些格雷玛亚的孩子们衣食无忧。布朗医生会负责他们的健康，以瑞丁夫人为首的委员会会负责他们的福利。不要给自己找假想敌，安妮。"

安妮突然笑了笑："好吧，但是告诉我，'假想敌'是什么意思？"

"亲爱的，我们都觉得莫妮卡修女有一些性格上的缺点——这种表达很有用。我觉得她善于欺骗，甚至骗过了自己。我认为她是一个骗子，一个麻烦精，一个鬼鬼祟祟的伪君子。我也认为她是一个称职的护士，也是一名优秀的管理者。能再给我来点咖啡吗？"

"当然了，这咖啡很不错吧？好了，雷。我不会再对所有事都评头论足了。"

"不，你不必这样，但是你要记住。如果你有任何抱怨的依据，你可以告诉委员会，而不是告诉我。这件事与我无关。"

2

安妮·费伦斯去格雷玛亚喝过下午茶后，便到庄园里散步。教堂和庄园宅第以南的陡峭坡地延伸至河边。越过河谷，地势升高，那是延绵不绝、星罗棋布的农场——"一片片的乡野、牧场、闲田、犁沟"①——一直延伸到山地的边缘，与远处的天空融为一体。安妮一直很喜欢庄园里美丽的广袤树林，还喜欢在米勒姆山腰看风景。她今天出来散步是因为她想在见到丈夫之前先理清自己混乱的思绪；安妮是一个理智的人，但是她承认，在格雷玛亚的这件事上，她的确有些不理智，导致她有点钻牛角尖了。

① 出自杰拉德·霍普金斯《斑斓之美》。

　　修女在会客厅招待了她。那是一个混合了维多利亚风格和修道院特色的小房间；糊着白色"缎纹"的墙上挂满了圣人彩像；洗过很多次的白色窗帘和内衬似乎只是为了保持房间的干净，而没有起到装饰的效果。莫妮卡修女穿着一身藏青色羊驼长袍，戴着白色的头巾，坐在一张低矮的茶几前。面前摆放着一套精美的罗金汉姆茶具（这是她担任儿童院长二十五周年之际，瑞丁夫人送的贺礼）。她泡了上好的中国茶，给大家分发黄油与面包片，嘴里念叨着一些客气话。安妮分享她搬来村子后遇到的趣事时，她也会礼貌回应。过了不久，她们去看了看喝下午茶的孩子们，十二个三五岁的孩子端端正正地坐在一张长桌前，有一个穿着护士服的老妇正在照看他们。莫妮卡修女走进房间时，所有的孩子都一声不吭地站了起来，这让安妮有些不寒而栗。这么小的孩子，怎么会一声不吭地站起来？莫妮卡修女一个个叫到他们的名字，然后一个女孩开始念诵一小段诗歌——"我曾有一个漂亮的洋娃娃，亲爱的……"最后，他们一起唱了一段赞美诗，但是十二个稚嫩却没有任何感情的童声合在一起却让安妮简直想要尖叫。然后，她带安妮在儿童院里进行了参观。她们去看了白色的寝室和更白的盥洗室、游乐室、厨房和祷告室。所有的房间都配置齐全，一尘不染，甚至看上去像是无菌的环境。儿童院的员工包括那名照看孩子们喝茶的"护士"——一个面无表情的厨娘，还有三个穿着整齐的女佣，她们有十六七岁，一直用怀疑的目光盯着安妮。

"这些孩子们不会吵闹吗？"她不禁问道。

莫妮卡修女说："当然了，小孩子的确是会吵闹的，但是我们教他们用餐时要保持安静。这样对他们的健康有益。看着新来的孩子们慢慢适应也令人欣慰。一般来这里一两天后就不会再惹麻烦了。我一直认为，安静、整洁和纪律性对人有治愈的效果。我们的日常生活非常简单、规律，大家都能严格地遵守。"

安妮顺着斜坡，往下向磨坊走去，她想："那简直是我去过的最压抑的地方。他们根本就不是孩子，他们只是一些小机器人。在这种环境下成长出来的孩子甚至会去犯罪……还有那首可怕的赞美诗。"她来到河边，走上小木桥。桥下的水流从磨坊穿过，清澈的水面光影流动、漩涡迭起，最终汇入干流。虽然她尽力想要压下自己胸中翻滚的怒气，但是她知道自己的思绪还是很乱。她鄙夷莫妮卡修女，但是她知道这是一个强势的女人。在那无聊的茶会上，不知道为何，她总是感觉似乎有一条鳗鱼紧紧地缠住了她。她无法与之对抗，因为她根本抓不住它。桥的另一头突然传来了脚步声，安妮抬起头，看到了庄园管家——约翰·桑德森。安妮和丈夫都很喜欢桑德森，雷蒙德也偶尔会邀请他去他们家喝上几杯。

"怎么了，费伦斯太太？你看上去很忧虑。"他问道，"这座桥可不适合独自冥想，这个地方会让人很伤感。"

"为什么？"安妮问道，"我刚刚在欣赏这溪流，水这么深，却清可见底，打着漩涡。我只是想来放松一下心情。我刚刚去格雷玛亚喝茶了。"

"天啊。"安妮发现他边说边快速四下张望了一下。

"你在担心有人会偷听吗？"她问道，"和我一起穿过庄园到我家喝一杯吧。我现在急需喝上一杯。"

"太感谢你了。"他说道。于是他们二人走下桥，开始往坡上走去。

"我觉得那个儿童院很可怕。"安妮说，"那儿让我感到害怕；这么小的孩子们——全都吓坏了。你去过那里吗？"

"我经常去，"他回答道，"我要帮助那里采购布料和家具，并负责维修。我讨厌那个地方。我觉得那就是一个维多利亚时期的孤儿院，恐惧笼罩着那里。"

"难道委员会的成员们看不出来吗？"安妮问道。

"是的。首先，他们不想看；其次，他们都老了：瑞丁夫人，斯坦夫里上校夫妇，布朗医生，牧师，金斯利太太，还有库姆的伯拉普夫妇。这些大人物都希望看到儿童院保持他们所谓的'纪律'。他们不喜欢现代的想法，也不喜欢有这种想法的孩子，他们希望那些孩子看上去就像是在孤儿院里长大的孩子。"

"我觉得那儿一定有问题，"安妮说，"那里的小女佣都看上去一副苦大仇深的样子。"

"她们也许是——但是她们的灵魂是善良的，所以她们才会在那里。她们都是犯过一些错误的女孩，莫妮卡修女要改造她们。我们能不能到你家后再讨论这些事？庄园里有些人也会走这条路，隔墙有耳，更何况这里只有一些树和灌木丛呢。"

"没问题，我们待会儿再聊。"安妮说，"那么，你最近在看些什么书呢？"

"一些游记，我经常看。总有一天，我会去那些精彩的地方，最好是坐船去。登上一艘会在直布罗陀到悉尼的每个港口都停靠的游轮，在海上漂上几年。"

3

"这杯酒祝你身体健康，先生，"安妮的笑看不出是殷勤还是发自内心的快乐，总之，充满魅力，她对桑德森举起酒杯，"你现在愿意告诉我，为什么害怕莫妮卡修女吗？"

"我不怕她，"他回答道，"我知道她很危险，就像病毒和败血症一样危险。我一直很小心避免惹上麻烦。我喜欢我的工作。庄园管理很枯燥，但是这里的工作很有趣。我来这里几个月后，莫妮卡修女就差点害我被辞退。如果我再被她抓到机会，她绝对不会手软。"

"怎么回事？"

"到处散播关于我的子虚乌有的谎言。她不仅能把谎言说得以假乱真，还能在明知你看穿她的谎言时，依然面不改色地继续撒谎，连眼睛都不会眨一下。你几乎没办法把她赶走。"

"但是瑞丁夫人不知道吗？"

"她只会视而不见。莫妮卡修女帮了她很多的忙。瑞丁夫人的庄园需要女佣，莫妮卡修女总是在村里能为她找来被她所'影响'的年轻女孩——说是'催眠'更加妥当——让她们成为优雅的女佣。瑞丁夫人对这份大礼可是非常受用。"

"这真是太糟糕了。"安妮说道。

桑德森放下杯子，身子微微前倾："费伦斯太太，不要为这些事情费心。这些孩子没有遭到虐待，只是对她唯命是从。到了五岁，他们会被送到其他儿童院，正常地上学。他们很快就会忘记格雷玛亚儿童院。更何况莫妮卡修女也会生老病死，她已经六十多岁了，年纪也大了。等她退休后，格雷玛亚也会关停了。"

"那真是太好了，但是我一想到她那种油滑的嘴脸就受不了。那些孩子整天都处于那些混蛋的恐吓之下，真是太糟糕了。再说了，如果她是个骗子，人们应该把她赶出去。"

"没有人成功过。有不少人尝试过，但最后都是自讨苦吃。她能够轻易撼动你，而你却无法撼动她半分。这里的人都站在她那边，他们容忍她，无视她的罪孽。但是上帝是公平的，她总有一天会入土的。"

"这也是一种应对办法。"安妮说道，"告诉我，她为什么不喜欢你？"

"因为我指责了她。我觉得她是——就是一个暴君，在某种方面会造成不好的影响。人们却说我没有证据，我的看法是错误的。那不是什么有趣的故事，我们还是别聊了。"

"好的，我不问了，但是请你告诉我，村子里难道就没有人不喜欢她吗？"

"很多人都不喜欢她，但是他们不会说出来的。这个村子有其独特之处。等你在这里再多住些日子，你就明白了。一开始，你只会看到美好的乡村生活，大家似乎都很融洽，生活在一起——但其实那只是冰山一角。"他笑了笑，"我说得有些太多了，我不想烦扰到你。"

"你没有烦扰我，"安妮说，"我想摸清楚如何在这个村里生活，你可以帮我，请继续说下去。"

"你要记住这是一个古老偏僻的村庄。几个世纪以来，米勒姆摩尔村一直与世隔绝，远离城市、社会和世俗。虽然这个村子建在荒野边的一座高山上，但大家彼此之间相互依赖，形成了一个整体，使得这里繁荣起来。有一小部分住在这里的人很清楚大家的依存关系。'在村里不能惹麻烦'虽然不是明文规定，但已是村里人心照不宣的铁律。你心里知道你邻居的缺点和罪孽，但是你绝对不能当众说出来，这样就会招惹麻烦。这么一个小社会里，人人都不想惹上麻烦。"

安妮点了点头："我想我明白了，那对于莫妮卡修女的事来说，没有人会攻击她，因为她肯定会反击，他们自己就会付出巨大的代价。"

"没错，她知道一切。村子里有很多人可不希望大家知道自己家的事。村民可不比城里人淳朴。他们看上去淳朴只是因为他们擅长用白石灰将污点掩盖，就像他们自家的农舍一样。光鲜的外表下到底有什么，那就与别人无关了。"

"这个解释很好。"雷蒙德的声音突然从门外传来，"你在教安妮乡村的门道吗，桑德森？她从来没在乡下居住过。"他走进客厅，悠然地坐在那张他最喜欢的椅子上，安妮给他倒了一杯雪莉酒，"这种生活多好啊，我很喜欢我们的村子。至于你刚才说的话，桑德森，住在村庄里的人的确不喜欢别人知道自己的小动作；但是每个人也都知道别人做过什么肮脏的事，只不过按照惯例永远不会公开说出来。这是村庄生活的精髓——永远不要大声说出来。"

他转向安妮："今天下午的茶会怎么样，我的天使？"

"茶会很精致，"安妮回答道，"用罗金汉姆茶具泡的中国茶叶，还有切成薄片的面包与黄油。房间打扫得无比干净。我看到孩子们也一起喝茶。其中一个孩子背了一小段诗，他们一起唱了一首赞美诗。大家都很开心。虽然我当时情绪很糟糕，但是桑德森先生已经好好劝过我了，我也打算遵守村庄里的传统。有什么想说的话可以关起自家的门再说，绝对不要让你的右手知道你的左手都干了什么[①]。"

4

"邪恶？亲爱的，她当然很邪恶了。"埃梅琳·布雷斯韦特小姐说。

安妮·费伦斯正在她家回访——她发现这个村子的社交礼仪依然非常正式——她正坐在布雷斯韦特的家里，客厅的白色地板衬得整个房间非常淡雅。依然是中国茶——

---

① 出自《圣经》，意为做事低调、不声张。

熏制上成的正山小种——不过这次的茶杯是皇家伍斯特瓷器，茶点则由面包黄油换成了咸三明治。

"不用客气，我的茶点总是很丰盛。"埃梅琳·布雷斯韦特说。安妮猜测她应该有七十多岁了，身体依然很健康。她把头发盘得很高，饱经风霜的脸庞棱角分明。但是她的嗓音依然很轻快，思维清晰。

"从某种方面来看，我们都是邪恶的。"老埃梅琳继续说道，"我年轻的时候也是一个麻烦精，但是那个女人简直集各种邪恶为一体。我可以无视她骗人的小把戏，但是我不能容忍她那样催眠那些可怜的孩子。简直就像是一只白鼬和一群小兔子，想起来就令人不快。当然了，他们后来把我踢出了委员会。说得很客气，但是坚决要把我赶走。我因此和埃塞德丽达·瑞丁大吵了一架。没错，这是她的本名。我们俩私下里对对方说了不少无法挽回的话。"

"他们为什么要把您踢出委员会?"安妮问道。

"因为我总说实话，这个习惯会让人难堪。我说——我现在也坚持认为——有的女人上了年纪后会越发古怪。莫妮卡修女的古怪之处就是她的掌控欲。她必须要掌管一切，包括那些可怜的孤儿和看起来很凶的女佣。我觉得她原本只是一个非常能干、掌控欲较强的人。你可不要误会了，她很聪明。多年来，她在她的小世界里有着至高无上的话语权。于是她慢慢变成了一个自大狂。已经很久没有人批评过她，或者干涉过她了。她觉得任何人都不该说她一点坏话。一个管理孩子的女人有这种思想是很危险的。"

"那里的情况很糟糕，"安妮说，"你感觉到她很危险，有点疯狂。我也觉得。约翰·桑德森也觉得……"

"约翰·桑德森——他最清楚不过了。他是个好人，"埃梅琳说道，"我一直很喜欢他。他当时有勇气说出心中的想法，也差点因此被辞退。"

"但是到底发生了什么？"安妮问道，"他没有告诉我，我也不想多问。"

"那是一个悲伤的故事。"埃梅琳说，"格雷玛亚的一个可怜的女佣在磨坊溪流里淹死了。太让人心痛了。那个女孩——她的名字叫南茜——她是一个很顽劣的女孩。她当时因为偷窃被判缓刑，但是她的家庭环境很糟糕，于是就被送到了这里，因为人们觉得莫妮卡修女很擅长对付这些问题女孩。但是她对付不了南茜，很快，这个女孩又和以前一样惹了麻烦。她不愿意说出孩子的父亲是谁，我只知道莫妮卡修女狠狠地惩罚了她——禁食，祈祷，还把她锁在房间里好几天。最后那个女孩从房间里逃出来，跳河淹死了。是约翰·桑德森发现了她的尸体。"

安妮发出一阵惊呼："天啊——真是太悲惨了。难怪他那天不想看到我站在磨坊溪流的那座桥上。"

"他当然不想了,"埃梅琳马上说,"发现那个女孩的尸体让他受了不小的惊吓。他一直负责格雷玛亚的一些工作,知道南茜一直被锁在房间里。他在死因审理会上说明了这一点,但是却遭到死因裁判官的刁难。结果莫妮卡修女向几个人透露称是他引诱了那个女孩。这就是她的手段,她不会去澄清,而是会散播诽谤。这种手段太下作了。"

"村民们都不了解她的为人吗?"安妮问道,"村子里还是有一些头脑清楚的聪明人的,比如杨太太。"

"是的,杨太太,她是邮局局长。简单来说,我觉得杨太太犯不上去找莫妮卡修女的麻烦。莫妮卡早就已经获取了所有人的信任。她总是自愿照顾那些病人。有时候,片区护士外出几个小时处理当地的接生事宜,莫妮卡修女就会主动去照顾那些老人、绝症患者和慢性病患者。病人膏肓或疾病初愈的人碰上一个富有同情心的聆听者,就会完全打开话匣子。我不是吓唬你,我只是在告诉你一切是怎么发生的。那是一个漫长的渗透过程。她谋取了信任,知道了所有人的秘密,她的掌控欲就越来越强。其实大家更多的是害怕她。埃塞德丽达就害怕她。那些软弱的家伙可能都怕她,但是我可不好惹。再喝点茶吧。"

安妮笑了起来:"不仅是令人害怕,还非常不正常。"

"非常不正常，"埃梅琳·布雷斯韦特表示同意，"当我听说你和丈夫要搬过来时，我简直无法形容我有多么快乐。两个充满活力、聪慧可爱，没有被这个古怪村庄的习性所沾染的年轻人。我爱这个地方，我这辈子都住在这里，很多人都和我一样。牧师在这里住了二十五年，布朗医生在这里住了三十多年，村里总是那么些人。25年来，只有你们夫妇和约翰·桑德森从外面搬进来。"

"关于布朗医生，"安妮突然插嘴问道，"我知道他现在年纪大了，但他以前应该也是一名好医生吧？为什么他看不出莫妮卡修女慢慢变成了这样？"

埃梅琳·布雷斯韦特沉默了一两分钟后说道："你知道他的妻子疯了吗？那个可怜人被送进了精神病院。"

安妮怔怔地看着她那张饱经风霜却依然精明的脸。

"但是这和莫妮卡修女有什么关系？"

布雷斯韦特小姐叹了一口气："他不得不依赖她。他说她是力量的化身。那个可怜的女人被送进精神病院前，莫妮卡修女的确把她照顾得比村里任何人都要好。我很同情布朗医生，我也很想和他说'不要过于依赖修女，我觉得她不值得信任'。但是我怎么说得出口？他的妻子死后，医生说他非常感激修女。自那以后，他就成为她坚定的拥护者。当她六十多岁的时候，有一两个人建议她应该退休——我就是其中之一。但是布朗充耳不闻。当村里一笔没有审计的善款出了些丑闻，布朗就帮忙撇清了和莫妮卡修女有关的怀疑——村里的善款一直是她组织募集的。布朗医生退休后也依然坚持在格雷玛亚工作。这就够说明一切了。你应该知道这些事，因为如果你想了解修女——我相信你想了解她——那你最好得弄清楚你面临的挑战有多大。"

"的确是个很大的挑战。"安妮慢慢地说道，"我是一个医生的妻子。"

"没错，有时候，医生之间的支持比共济会都要坚定。不要因为莫妮卡修女而毁掉你自己的婚姻。"

"我不会的，但是我会小心。"

"一定要小心，亲爱的。最后我要提醒你一句：如果你在你丈夫不在家的时候和约翰·桑德森一起穿过庄园，并邀请他进家门，你得确保莫妮卡修女对此没有任何看法。"

"该死的家伙！"安妮骂道。

第四章

1

盛夏的一天清晨，安妮·费伦斯听到前门的门铃响了。她已经醒了一会儿了，正躺在床上享受窗外洒进来的阳光和鸟鸣，犹豫今天是去教堂参加圣约翰施洗（基督教徒该去），还是去参加夏至日盛会（异教徒该去）。安妮不清楚在自己的脑中，到底是哪边占了上风，但是她醒来的时候只想到了一句话："能活在那样的黎明中是何等幸福①。"

门铃响起时才六点半左右，安妮低低咒骂了一句："该死的。"雷蒙德昨晚去荒原的长坟堡出诊，忙到凌晨两点才回家休息。但是他听到门铃声便起身了，甚至先安妮一步下床。

"真倒霉，但是今天早上的天气真好。"安妮说道。她看着雷蒙德抓起晨袍往外走，又补充道，"应该是钱德勒

---

① 出自诗人华兹华斯。

家的姑娘……她总是看不准时间。"

过了一会儿，他回来了，脸上的睡意早已一扫而空。他没有说话，拿起了衬衫和裤子。

"怎么了，雷？有什么需要我做的吗？"

"没有，我想也没人能做些什么。莫妮卡修女出事了。她淹死在磨坊溪流里了。小里格发现她的，马上就来找我了。"

安妮倒抽了一口冷气，雷蒙德边穿上衣服边继续说道："是啊，麻烦来了……"

"我可以一起去吗？"安妮问道。

"天啊，不行。待在这里，准备好早餐。我马上就回来。他们需要的是警察，不是我——但是总有人得去做一下检查。"

他抓起外套，冲出了房门，一路穿过菜园和紫杉木围起的篱笆。庄园的草地上还闪着露水的光芒。他抄近道前往那条陡峭的小道。画眉鸟和乌鸫在树梢上大声地歌唱，燕雀和牛雀则清脆地和着；空气里弥漫着盛夏的甜腻：石竹和野玫瑰的芬芳，干草的香气，以及野花的淡香交织在一起；几只雪白的小羊羔跌跌撞撞地跑向妈妈。费伦斯无暇欣赏身边这充满生机的画卷，在阳光下匆匆向前走着。

当他来到磨坊溪流边时，发现那里早已经站了几个脸色阴沉的人。身材高大，脸色泛红的磨坊主维纳；摩尔农场的挤奶员杰克·黑吉斯；负责发电机的威尔逊；还有锯木厂的鲍勃·多恩。他们围着河岸边的那具身穿黑色斗篷大衣的尸体。岸边的野玫瑰伸出粉色的嫩枝，几乎能看到金色的花蕊，静静地搭在那张苍老的脸庞和惨白的头发上。

"这可不轻松，医生。我们几个都不行。"维纳先开口说道。

费伦斯在女尸边蹲下：只消轻轻一碰，他就知道，她已经死亡好几个小时了。

"我们已经打电话给米勒姆普赖厄斯的警长了。"维纳说道，"他马上就来。她落水已经好几个小时了吧？"

费伦斯一边继续检查，一边点了点头："是的，好几个小时了，你们知道尸体是在哪里找到的吗？"

"就在那堆桩子边，医生。她被水流冲下来，斗篷被卷进去了，发现她的时候，她的身边全是杂草。我帮忙把她拉出来的，她可真沉。"

"她这几个月经常晚上出来散步。"威尔逊说，"她肯定已经快疯了，真是可怜。也许是因为那个年轻女佣的事。当初也是在这个地方，我记得很清楚。"

"在晚上出来散步？"费伦斯突然问道。

"没错，医生，"维纳说，"我们都见过她。她都是从庄园那头过来。我的妻子有一天晚上看到了她，吓得不轻。

那头白发和黑色的斗篷在月光下看上去特别诡异。"

"是的……"杰克·黑吉斯表示赞同，在习惯了中部口音的雷蒙德听来怪怪的，"我们都见过她，像一个月光下的幽魂。我们都看到过，的确很可怕。"

"我记得上次也是这样，那个姑娘自己跳了下去，可怜的孩子。"维纳说道。其他人也表示赞同，纷纷叹气。

"我们还是等警长来再转移她。"费伦斯说道，"但是我们应该先决定把她的尸体放在哪里。我们得安排一间停尸房。我觉得我们不该把她送到格雷玛亚，那边毕竟住着不少孩子。"

"你说得没错，医生，"维纳说，"那些小家伙不该再担惊受怕了。我是说小孩子们不该接触尸体什么的。"他急急地补充道，"但是布朗医生马上就要来了，我的妻子去通知他了，他也吓坏了，可怜的老家伙。莫妮卡修女是他最重要的人，最好还是让他来决定把她搬到哪里吧。老布朗了解这里的一切。"

费伦斯点了点头，从尸体边站起身，取下了没用的体温计。尸体已经冰凉，和打转的溪流一样的温度。这个女人是淹死的——毋庸置疑——其他事都可以等等再说。

"你说得没错，"他对维纳说，"应该由布朗医生来决定。我已经派里格去庄园里通知了。瑞丁夫人会去通知格雷玛亚。布朗医生来了。"

　　村里人都很熟悉布朗医生那辆老爷车的声音。他停靠在磨坊边时发出了一声刺耳的刹车声。他紧紧地抓着栏杆，慢慢走过了木桥。他的脸色苍白，看起来十分疲惫，但依然保持着得体的举止。他走到了尸体边，低下头看了看那张没有血色的脸和被河水浸湿的白发。维纳轻轻地说：

　　"我们很遗憾，医生。她在这里工作了很久了。"

　　"的确……太久了。她不愿意退休。"老人说道。"我一直都很担心她。我应该让她退休的——但那是她的人生。"

　　"她应该早就知道自己不行了，所以选择了这条路。"维纳说，"可怜人啊——但是她现在看上去很安详。我们应该把她搬到哪里，医生？"

　　"我们在等米勒姆普赖厄斯的警长，"费伦斯的声音非常平淡，"但是最好还是先决定要把她搬到哪里。我记得红十字会的壁橱里有一副担架。"

　　"是的，那是我们在1939年买的。"布朗似乎迫不及待地将话题转移到一些琐事上，"你们可以把她搬到我家，维纳。那样最好了。尸检——应该很简单。"他看了一眼费伦斯，费伦斯接道："是的，她是溺亡的。"

　　村里的主路上突然传来一阵刺耳的鸣笛声，几只奶牛似乎为了表示抗议，也高声叫了起来。黑吉斯突然跳了起来。

"肯定是警长来了，我能听出那该死的鸣笛声。我还是赶紧去看看我的奶牛。不管怎么样，我还是得先去挤奶。"

"好的，杰克。不管怎么样，你得先去挤奶。"布朗医生也说道，"不管有多少人离我们而去，上帝保佑，生活总要继续。你去挤奶吧，希望那个冒失的警察没有把你的奶牛全都撞到路边去了。他冲着奶牛鸣笛是想干什么？"

2

"我从来没有享受过这么美味的咖啡。"雷蒙德·费伦斯说，"天啊，太及时了。"他把杯子递给安妮续杯，把盛了培根和鸡蛋的盘子推到一边，"接下来会有一大堆麻烦，安妮。她在水里泡了一整晚，但恐怕她不是自己跳进溪流里的。她是被推下去的——有人用钝器击打了她的后脑。至少这是我的尸检结果。"

安妮叹了一口气："你是说她脑袋上的伤是在死前造成的？"

"毫无疑问。"

"她会不会是跳下去时不小心撞到了一根桩子上？"

"那会撞到后脑勺吗？如果陪审团和死因裁判官愿意

信，那我乐意至极。但我觉得他们不会相信。不管她是从河岸边还是从桥上跳下去的，都会直接沉到水底。水流会把她的尸体冲到桩子边，但是不可能让她的后脑勺撞伤。"

安妮没有说话，脸上的表情很不安，雷蒙德继续说道："皮尔警长很雷厉风行。他肯定是以80公里的时速一路从米勒姆普赖厄斯开车过来。他的脸上一副了然的样子，似乎在说'我早就料到会这样'。"

"但是为什么呢？"安妮不由问道，"他知道哪些关于莫妮卡修女的事？"

"我不知道他知道什么，我的天使，但是他对上次溺亡案的最终结果很不满意——可怜的南茜·比尔顿。最后判定是她神志不清而跳水自尽的，当时也没有什么可疑的证据。那个女孩曾经扬言要自杀，于是便当她是自杀了。但是后来，村里流传着各种说法。"雷蒙德将自己的香烟盒递给安妮，"我们还是先把这些事都说清楚，安妮。你应该了解人们过去和现在对这件事的看法。我们才来了三个月，但是我作为一名医生，已经听说了不知道多少关于这件事的闲话。一般都是那些年长的慢性病患者告诉我的——他们的生命已经只剩下说话的力气了。南茜·比尔顿被定为是自杀后，有不少人认为其实是莫妮卡修女把她推进了磨坊溪流里。"

"你不是这么认为的吧，雷？"

雷蒙德坐了下来，若有所思地看着妻子："我不知道，安妮。我总是避免和你讨论莫妮卡修女的事。我们都不喜欢她，我总是不喜欢仅凭第一印象就对一个女人产生偏见。后来我决定不在村里的事上选择明确的站边。我想你听说的事应该也和我差不多，因为我们搬过来几个星期后，你就再也没有提过格雷玛亚的事。"

"是的。"安妮说道，"告诉我，别人和你说的闲话并不能算作证据，对吗？如果这个警长来村里问话，我只能告诉他我自己所了解的事，对吗？"

"是的。我们继续说回关于南茜·比尔顿的流言。维纳、威尔逊和鲍勃·多恩都说看到莫妮卡修女在晚上会出来散步。她会穿过庄园，经过那座桥，去村子南边洼地。这不是最近才出现的事，他们都说她这几年来偶尔会这样，但是最近显然更频繁了。大家都知道南茜·比尔顿是一个夜猫子。如果当时南茜·比尔顿一直在窥探莫妮卡修女，我不会排除是莫妮卡修女把南茜推入溪流的可能性，因为我觉得莫妮卡修女的确不是一个正常人。"

"你说'如果南茜在窥探莫妮卡修女'，"安妮一字一顿地说道，"其实可能是反过来。也许是莫妮卡修女一直在窥探南茜。你还记得你对莫妮卡修女的第一评价吗——你觉得她是个狂热的信徒？这种宗教狂热分子会和其他的狂热分子一样，变得非常狂妄自大吧？他们看不清楚自己，眼里看不到自己的缺点——只能看到其他人的缺点。"

"你说得没错。他们认为自己是'天选之子'，不得遭受一点苛责。这在莫妮卡修女身上尤为明显。她热衷于改变他人。但是你说可能是莫妮卡修女在窥探南茜，这话是什么意思？"

"我在想会不会是南茜去找她，想把她推进水里，但是却没有料到莫妮卡修女比她高大强壮——于是一切就那么发生了。她的确是一个力气很大的女人，雷，她有一双巨大的手掌，我每次看到都会感到害怕。"

"是的，我也注意到了她的手。但是这也无法让我们推断出到底是谁把莫妮卡修女推进溪流中的。"

"他们有没有找到和南茜幽会的那个男子？"

"没有。她没有告诉过任何人，警方也在村子里打听过，但是得到的答案只有'我不知道。'没有人知道，所以没有人会说。这个村庄的'我不知道'就是一种非常强的保护机制。他们通过亲属关系或者婚姻关系而牢牢地团结在一起，与外界的干涉做对抗。所以他们不喜欢将村里的孩子送到米勒姆普赖厄斯的学校上学。孩子们总是会和村外的人说些什么。"

"你觉得米勒姆普赖厄斯那边也知道村里的流言吗？"

"是的，我认为皮尔警长也知道村里的这个小秘密——传言是莫妮卡修女把南茜推进溪流里的。当然了，他并不相信，但是他认为，无风不起浪。"

"所以呢？"

"皮尔坚信两起案件的凶手是一个人，且就住在村子里。不管他的看法是对是错，警方接下来肯定会展开全面调查。他会开始逐一盘问，直到有人承受不住而松口。"

"太可怕了。"安妮停顿了一会儿，说，"谢天谢地，还好我什么都不知道。另外，我应该去格雷玛亚帮帮忙吗？"

"我希望你不要去，但是我想我们还是应该去帮忙。"雷蒙德说，"我去联系瑞丁夫人，问问情况怎么样了。我觉得最好还是把这些小孩子都暂时送到各户人家里。他们在这里迟早会听闻到些什么，最好还是不要让他们牵扯进来。"

"那你赶紧去问问吧，雷，那样做就好多了。莫妮卡修女死了，老护士和老厨娘肯定不会用心干活和照顾孩子们，年轻的女佣们肯定只知道说些闲话。肯定会变成那样。他们一直被压抑着，现在暴君倒台了，他们肯定会放松自我。"

"你的猜测可能没错。"雷蒙德说道。

3

皮尔警长是一个热忱又能干的警官，但是一提到米勒姆摩尔村，他就像是换了一个人。确切来说，他拿这个村子没辙。这是一个遵纪守法的小村子，偶尔来巡逻的警员也从来不会遇上什么麻烦事。但是在他为数不多的几次需要到那个村子里调查的经历中——违规驾驶，违禁时间喝酒，无许可证的街头表演——他总是能得到一致的答复："我不知道。"南茜·比尔顿之死也是一样：所有人都表示什么都不知道。皮尔坚信肯定有很大一部分人其实知道得不少，但是他想尽办法也无法突破整个村子的一致口径：他们不知道。当他得知莫妮卡·托灵顿修女的死讯时，他几乎跳了起来。米勒姆摩尔村曾经骗过他一次，他绝对不会放过这次机会。

他抵达现场后，发现村里的两名医生、维纳、威尔逊和鲍勃·多恩都站在桥边。黑吉斯忙着去安抚他那群受惊的奶牛了，那群奶牛产奶时可没料到会被警笛吓到。村里的司机都不会向挤奶的奶牛鸣笛——那会导致奶牛不出奶。皮尔喊着让黑吉斯赶紧回来，但是黑吉斯根本置若罔闻。维纳、威尔逊和多恩都劝皮尔："让他去吧。"奶牛必须要挤奶，而且黑吉斯根本什么都不知道。这又是原来的那一套"我不知道"的说辞。

完成第一轮问询之后,皮尔也同意应该先把尸体转移到老布朗的家中。由于尸体已经被捞到岸上,也不知道是从哪里落水的,他们也没有必要非得等现场摄影记录员到再转移尸体。警长对费伦斯医生颇有好感,原因很简单:他是新搬到米勒姆摩尔村的。一切都进展得很顺利。但是尸体的第一发现者吉姆·里格目前没空接受问话,这让警长很恼火。吉姆·里格是庄园里的工人,正在给詹姆斯爵士的纯种泽西牛挤奶——他们向皮尔解释:泽西牛必须掐着点挤奶,不得耽误。"他在不忙的时候会告诉你他知道的一切。"维纳说话时总是坚持德文郡人的口癖,将宾格用作主格,将主格用作宾格。

接受一番关于奶牛的科普知识,皮尔决定最好先对桥的周围进行侦查。他可以稍后再找当地人问话,但是拖延搜查可能就意味着遗失重要的线索。草地很松软,皮尔知道,如果不赶紧进行取证,就可能会有一群奶牛冲过来破坏现场。警长目前所知的在发现尸体后到达现场的人有:里格、维纳、威尔逊和黑吉斯都是穿着工作靴,布朗医生和费伦斯医生则穿着皮鞋。里格和维纳把尸体从溪流里打捞上来,威尔逊和黑吉斯是在他们把尸体放到河岸边时出现的。他们都是从桥的南边过来的。费伦斯医生是从北边穿过庄园过来的。皮尔和他的助理警员开始搜查地面、树篱和草地，希望能找到其他人出现在现场的蛛丝马迹。他们搜查了几十分钟后，巴恩斯福德的卡森督察带着两名他的手下与一名摄影记录员到了。皮尔向上级敬礼示意，让警员们继续搜查地面，两人则站在河岸边。皮尔简要地向督察描述了一下大致的情况。

"我觉得这次我们一定要查清楚，"皮尔说，"我一直对上次的案子耿耿于怀，我想这次应该能证明我当初的猜测没错。"

"你怎么看，皮尔？"

"我觉得这个村子里藏着一名杀人犯。那个叫南茜·比尔顿的女孩顽劣不堪，和村里的一个人纠缠不清。她肯定是惹他厌烦了，于是就被他推入了磨坊溪流中。我们一直没有查清楚这个人是谁，但是我猜测莫妮卡修女肯定知道一些关于此人身份的事。"

"那她之前为什么没有告诉你？"卡森问道，"她在证人席上发誓她不知道那个人到底是谁，她是信奉基督的，你可别告诉我你觉得她在撒谎？"

"不，我没有这么觉得。但我认为她很奇怪——太过于虔诚了。她这样的女人很少见。她表现得很谦卑，近乎圣贤。她可能有怀疑的人选，但是没有说出来，因为没有办法证明。那个人知道她可能清楚他的身份，也知道她在试图耍小聪明把他揪出来。"

督察皱起了眉头："那是一年多以前的事了，对吗？她应该不可能突然有什么新的发现。"

"我不知道，这个村子很奇怪，也许有人以为这一切已经结束了，于是向她透露了些什么。反正我猜她来这里是为了见那个人，谈话中途突然指控他，于是他像上次一样，把她推进了溪流里。他们倒是说过她经常会在晚上出来散步。这其中肯定有什么理由。"

督察依然紧皱着眉头："你显然放不下上次的案子，皮尔。你有什么想法？"

两人站在阳光下，皮尔突然小心地环顾四周，压低声音说："我发现，这个村子在两三年之前一直很平静。但是自从三年前，来了这个新的庄园管家，似乎就开始不太平了。"

"我明白了，"督察说，"这值得一查。还有在现场的这些人。"

皮尔不置可否地哼了一声："他们就是一帮聋子。我记得这里是情侣幽会的地方。你可以顺着村里的路走到磨坊，再沿着那条陡峭的小路回到庄园里。村里的人都可以走这条路，但是不能进入庄园里的菜园。后厨的菜园围上了围墙，边上有一扇门。人们可以从那扇门出去，就能到村里的广场。也就是说你可以沿着村里的小路，走进庄园，经过磨坊，再穿过庄园，回到原来的地方。这些门都没有上锁。我敢打赌，维纳他们肯定知道谁经常会走那条路；他们知道莫妮卡修女天黑后经常会到那里散步，所以他们肯定也知道还有谁也有这个习惯。"

督察点了点头："到时候可以细问。桥栏杆上的指纹呢？那上面磨得很光滑了，也许能得到一些线索。这里已经有很多脚印了，我们很难再从中提取到什么有用的信息。不过你从这里下手也没错。我们要关闭这些大门，确保不会有人再从这里经过。"

"很好，"皮尔说，"让他们知道，这次我们是认真的，别再说这可怜的女人是自己跳河自尽的了。去他的跳河。"

第五章

1

"她经常会头晕，真是太可怜了。肯定是因为这个。修女这几个星期以来一直头晕。周日的时候，她还平白无故地摔了一跤，那些小女佣们都听到了她摔倒的声音。昨天她还从楼梯上摔下来，撞破了后脑勺。"

巴罗"护士"在向皮尔警长提供证词，她正在详细地介绍莫妮卡修女的头晕。警长倒是觉得不如把汉娜·巴罗敲晕，让她自己也感受一下头晕。汉娜·巴罗今年62岁，从1929年起就一直在格雷玛亚帮忙，大家都称她为"护士"，她是莫妮卡修女最忠实的跟随者和仆从。"简直是我见过的最唠叨的老蠢货。"皮尔警官嘟囔道。艾玛·西格森，59岁，从1939年起开始在格雷玛亚做饭。她几乎就是在重复汉娜·巴罗说的每一个字："她总是头晕，可怜的人儿，"她唏嘘道，"她的头，没错。我总说，您需要新的眼镜。这不就是国民医疗服务该派上用场的时候吗。我请求她：您该换新的眼镜了，修女。随便一个人都会告诉你，眼镜不对会让人头晕的。她狠狠地摔了一跤，狠狠地。那是周日……"

艾玛·西格森的话比巴罗"护士"还要难懂。她出身于威尔士，在伦敦长大。她的伦敦腔里还戴着威尔士的口音；又因为她在德文郡住了十一年，言语间还会夹杂着德文郡的俚语。

"她在瞧着河面的时候摔了下去，肯定是这样的，"汉娜·巴罗边说边将嘴里的假牙吸回原位，"她就是莫名其妙地喜欢那座桥，我真是不明白，"她继续说道，"但是修女是一个真正的圣人，你我这样的普通人根本无法和她相提并论。"她的眼神似乎就是在说警察根本和圣洁搭不上边，她继续回忆道，"她会祈祷上好几个小时，上帝竟然带走了为我们这些罪人祈祷的修女。"

皮尔还是想办法将话题转回到莫妮卡修女晚上去庄园里散步的事上。"是的，她经常会在晚上出去，"汉娜回答道，"她说在整个世界都陷入黑暗和宁静的时候，正是冥想的好时候。她能够专心致志，不受打扰。那一刻，她心怀大义。"她补充道，"没有人能知道她和那些圣灵交流时，都说了什么好话。如果说她在冥想时被上帝带走了，那她也肯定是为了我们。"

"也许吧。"皮尔说道。他将注意力转移到那三名年轻的女佣身上——爱丽丝、贝茜和多特。他发现她们三个有一个共同点：她们都听到修女从楼梯上摔了下来，并都去看了看怎么回事。她们走进大厅时，都看到修女用手捂着头。她拒绝叫医生，就像护士陈述的一样："不，我没有受伤，只是有点受惊了。我肯定是没有仔细看脚下，然后不小心滑倒了。"

"我一点也不奇怪，"多特说道，她是三人中比较健谈的那一个，"你看修女让我们把楼梯擦得几乎发光，还有那些被洗的都很光滑的油毛毡，总是打好蜡的地板。她又经常穿着平底软鞋走来走去，这样你就听不到她的脚步声了。她是一个圣人，难怪她和我们其他人不一样。"

"你来这里多久了？"皮尔问道。

"15个月了，过圣诞节就18岁了。"女孩的眼里透着叛逆的光芒。

皮尔明白其中意义。等多特18岁，她就能独立生活，选择自己想要的工作了。

"你们几个女孩在这里过得开心吗？"他问道。

他不该问这个问题的。多特垂下眼，捏紧双手，又变成了一个冷漠的机器人："很开心，"她似乎在背书，"莫妮卡修女是一个很好的人。一切都要变得不一样了。"

巴罗护士带着皮尔警长参观了儿童院，一遍一遍地向他强调这里到底有多干净，然后冲着皮尔警官的湿靴子在毛毡上留下的鞋印皱眉。他早已清楚这里的布局：两间孩子们居住的卧室和护士的卧室是互通的。皮尔看着莫妮卡修女的房间，那简直就像是一个摆满了圣人像和石膏天使的修女牢房：洁白的墙壁，只有一张窄窄的铁架床，一把椅子，一张小小的祈祷台，一个洗漱台和一个抽屉柜。除此之外什么都没有了。他看了看抽屉和橱柜，护士在他身后一直用不满的眼神盯着他。

"她在哪里写字？"他问道。

"在楼下的办公室里。修女说卧室只是用来睡觉的，她的卧室和我们一样。一样的床，一样的床单。她从来不会铺张。"

皮尔又看了看女佣们的寝室：有两个互相连通的房间；地位稍高的女佣有自己的卧室，另外两个女佣共住一间。艾玛·西格森的房间在隔壁，她负责管理这些女佣。皮尔记得以前女佣寝室的窗户都很窄，只能算是一个可以透进光线的石框。石框上曾经装有铁栏，但是后来上面为了防止火灾，责令拆除铁栏，并在莫妮卡修女的窗户下安装了防火通道。当初关南茜·比尔顿的房间窗户就很小。莫妮卡修女曾肯定地说，她以为没人能从这小的窗户里出去。她不知道如今的女孩子这么灵活。艾玛·西格森只会不停地重复她对莫妮卡修女之死的看法："她的头很晕，可怜的人儿；可能往后摔倒了，把自己撞傻了，滚进了河里。"

她带皮尔进办公室后，皮尔便让她出去了。他坐了下来，用在修女斗篷口袋里找到的一串钥匙打开她的抽屉，翻看起来。桌面很干净，所有的东西都整整齐齐。工整的笔记详细地记载了孩子们以前的身份和送到儿童院后的情况；关于女佣的记录都不尽相同：账簿，食谱，布料、毛毯、衣物和食物的库存使用情况，全都是用同样工整的笔迹记录下每一个细节。如果有人想要知道格雷玛亚的管理情况，只要看这些记录就行了：账簿本和账面分析、每周开销、每个孩子的开销、工资支出、食品支出、衣物支出、设备支出，全都列得一清二楚，就算是高级会计师也会不由发出称赞。但是皮尔警长对于账簿或者运营儿童院的开销没有兴趣。他想要了解这个死去的女人，了解她在儿童院院长这个身份以外，作为一个人的特质。他继续翻找着每一个抽屉和橱柜，每一份文件和每一个角落，却没有找到一份私人信件或文件。"该死，这个女人肯定会有一些私人关系，"他心想，"大多数信教的老处女都情感充沛；她们总会保留很多和她们家庭或她们年轻的时候有关的信件和照片。"

他又去找汉娜·巴罗，想知道莫妮卡修女的私人信件与文件都藏在哪里。但汉娜告诉她，修女的一切不是在卧室里，就是在办公室里，没有其他地方了。他也看了看客厅，但是那里什么都没有，只是一个用来接待访客的地方。

"你知道她有什么家人——或者亲属吗?"皮尔问道。

"她没有家人,可怜的人儿;她在这世上孑然一身,"汉娜低声说道,似乎在背诵一个说了很多遍的故事,"她曾经有一个妹妹,名字叫乌苏拉,很久以前就去世了。在她来这里25周年的时候。'我现在无牵无挂,这世上只有一个人了。'她说,那一幕依然历历在目,'我的家人现在都在这里了,这些小家伙,汉娜,还有你和其他人。你们就是我的家人,幸好我还有你们。'"

"这话说得既好听又空洞。"皮尔心想,"但是肯定有什么我没有找到的文件。这个女人应该有薪水,她肯定是通过支票领钱的。那她肯定会有一个银行账户,或者是储蓄本。总觉得这一切有哪里不对劲。"

2

皮尔的下一站是庄园大宅。20年来,瑞丁夫人一直是管理格雷玛亚的委员会主席,她理应了解死去的院长的一切。

当皮尔警长和他的助理警员被带到庄园的起居室等待时,他感到了一阵隐隐的不安。理论上来说,皮尔对这些绅士阶级的人没有什么过度的崇敬。在法律上来说,证人就只是证人，不应该惧怕，也不应该进行特殊对待。但是瑞丁夫人一直以来都活跃于警队中，她会参与警察运动会的颁奖，给救护比赛中获胜的警队鲜花，还会接受警察的小女儿送上的花束，警长和督察们也会向她敬礼。为督察收集所有的证据是皮尔的职责。死去的院长没有亲属，她的经济情况肯定是必需的信息。但是皮尔内心明白，他对付不了瑞丁夫人。如果她也加入村民的"我不知道"行列，他便是完败。而且她不会表现出不合作的态度，还要为没能帮忙表示歉意。

夫人（村民们都尊称她为"夫人"）轻巧地走进了小小的房间。

"早上好，警长先生，早上好，警员先生。请坐。这件事真是太令人难过了。莫妮卡修女的死是一个彻底的悲剧，我感到很难过。我有幸与她相识三十多年，我简直无法形容我的悲伤。我知道调查她的死亡是你的职责，但是我恳求你一定要记得，我和与她相识的所有人都在为她的死而悲恸。请你尽可能问得简短一些，警长先生。"

这显然是一个高明的委员会成员精心准备的说辞：暗示皮尔打扰了一家正在哀悼中的人，让他更加不安了。说了几句节哀和道歉后，皮尔问出了他准备的最简单的问题——关于亲属的问题。"我已经和詹姆斯爵士讨论过了，"瑞丁夫人说，"我们得出的结论是，没有亲属。莫妮卡修女很多年前，在她的双亲去世后告诉我，她在这世上只有一个亲人了，那就是她的妹妹，乌苏拉·托灵顿。乌苏拉死于1935年。我记得很清楚，莫妮卡修女去参加了她的葬礼。自那以后，虽然你可能不信，但是莫妮卡修女再也没有离开过格雷玛亚。她拒绝休假，她的生命中只有这份工作，警长先生。她的生活中已经没有其他了。她的家，她的朋友，都在这个地方。"

接下来，皮尔谈到了关于"遗产"这个棘手的问题。他说他找不到任何私人文件、银行声明和支票簿。瑞丁夫人打断了他。

"她没有银行账户。莫妮卡修女对于金钱没有任何欲望。她鄙夷金钱。她是30年前来到格雷玛亚的，警长先生。当时的工资数额和现在不一样。她的薪水是一年48镑，加上她的生活开支，洗衣费用和保险费。她要求按月结，付现金。此后便一直是这样结工资的。唯一的难处是，我们得劝她接受涨工资。她是一个无私的女人，警长先生。"

"您是说她一年的收入只有48镑吗，夫人？"皮尔追问道，随从警员的眼睛也盯着自己的笔记。

"当然不是了，"瑞丁夫人尖刻地反驳道，"我们可不会惨无人道地剥削她。她的工资一直以每年4镑的幅度增长，最后是每月10镑。那是在1940年，还处于战争时期。莫妮卡修女来找我，她说她不想再接受涨薪了。我们都在经济上做出了牺牲，她也想尽一份力。于是我们便如她所愿，她的薪水一直维持在那个水平——一年120英镑。的确很少，但这就是她想要的。"

"是给她现金吗？"警长问道。

"我说了，"瑞丁夫人冷冷地回答道，"作为委员会的主席，我本来有权为格雷玛亚的开支写支票，只要签上我和牧师的名字即可。我每个月的第一天会给莫妮卡修女10镑现金。她曾告诉我，她都用来日常开支——服装之类的——每月剩余的工资都捐给了各种慈善项目。她是一个了不起的女人，警长先生。"

"您说得没错。"皮尔说道。他不敢看瑞丁夫人的眼睛，因为他是个俗人，他的脑子里浮现出了一个古怪的想法。一年120英镑……一个好厨娘一周就能赚3英镑……会不会是有人在挪用格雷玛亚的钱？人们可都是说瑞丁夫人在金钱交易上是非常强硬的。

"你会发现单纯依赖投资资金的慈善机构是很难长久的。"她仿佛可以看穿皮尔的思想，他觉得自己的脸越来越烫了。瑞丁夫人继续说道，"好了，警长先生，你现在还有别的问题要问吗？我无意中断你的问询，但是我还有很多事情要安排。"

"马上，夫人。您能告诉我，莫妮卡修女在村庄以外还有没有什么老朋友？"

"我不是很清楚。"她回答道，"但是你自己想想，如果你在一个地方住了30年，你的生活已经完全刻进那个地方，你把你的所有感情和忠心都投入到你的毕生心血中，你的眼里还会有其他的兴趣和友谊吗？我觉得莫妮卡修女就是这样的人。在我看来，我认为她平时除了格雷玛亚的工作信件，不会写信，也不会收到什么信。她的人生就是这么简单。"

几分钟后，警长和警员离开了大宅，穿过菜园往外走。

"你怎么看，布里吉斯？"皮尔问道。他很了解布里吉斯，也很信任他。

"既然您问我，警长。我觉得她说得有些离奇。"警员说道，"这么说吧，死者是一个修女，我们都知道，但是我不相信这套'无私'的说辞。您应该能明白我的意思。我觉得实在是太过头了，让你不禁有些怀疑。"

"实在是太过头了，"皮尔想，"太多眩晕，太多奉献。一个月10镑……现金支付。听起来就是不对劲。一切都很不对劲。"

3

"如果你不介意的话,医生。我只是来问你一些常规的问题。"皮尔警长说道。

雷蒙德·费伦斯同情地笑了笑:"先喝杯啤酒吧,然后再慢慢告诉我你的麻烦。"

"谢谢你的好意,先生。我想我应该可以喝一杯。"皮尔说道,"那些夸张的言辞真是让我一肚子火。这地方的人提到死去的修女连声音都变了。他们总是紧握双手,垂下眼睛,告诉你,她是一个圣人——谢谢你,先生。"他又补充道,喝了一大口冰凉的啤酒,"你对这套圣人的说辞有什么看法,先生?"

"问我也没有用,警长。很抱歉,我不了解那个地方。你也知道,那个儿童院不归我负责。布朗医生依然是那里的医疗人员。我和莫妮卡修女的接触很少,说的都是一些日常的琐事——打个招呼,或者今天的天气怎么样。我也不喜欢嚼舌根子。"

"很好,医生。那你能不能回答这个问题,根据你对她的观察,她是一个健康的正常人吗?"

"我无法揣测她的健康情况。从她的外表来看,我只能判断出她是一个体格强壮的女人;我觉得她看上去力气很大，但我的看法对你来说也仅供参考。至于她到底是不是正常人，不，我觉得不是。她有些奇怪。但是一个在同样的环境里住了30年，并且在一个小村子里拥有绝对权威的女人，难免会有些奇怪。"他停顿了一下，问道，"你应该已经见过布朗医生了吧？"

"是的，先生。我无意冒犯布朗医生，但是他已经和她认识了很久，也许无法看清真正的她。一个人会被奉为一个传奇，你明白我的意思。他们都说：'她是一个了不起的女人。'布朗医生也这么说。我来找你是因为你是新搬来的，先生。你能以全新的眼光看待这个地方，如果我猜得没错，你应该不会被'传奇'的光环蒙蔽双眼。"

皮尔警长努力想要表达清楚他的内心所想，一边说一边擦了擦自己的脸。费伦斯笑了起来。

"你很敏锐，警长。你说得没错，我对'传奇'不感冒。如果你告诉我你到底想知道什么，我是一个值得信任的人。我不会告诉别人你说的话，但是如果我觉得你找错了方向，我会告诉你。"

"谢谢你，先生。你说得很有道理。你问我到底想知道什么，是这样的。我觉得村里的人都在演戏，而且是同一幕戏。他们都说莫妮卡修女是圣人。先生，她真的是吗？"

"我想那得看你如何定义'圣人'。"费伦斯说道，"我没有见过圣人，我不知道。"

"这个村子永远保守着自己的秘密，"皮尔继续说道，
"我们在米勒姆普赖厄斯，几乎不了解这个地方，但是自
从那些长大后的孩子们被送到我们的学校就读后，事情就
有些不一样了。孩子们会互相聊天，聊天的内容会传到父
母的耳朵里。那些孩子们觉得莫妮卡修女不是圣人。有些
孩子很害怕她，说她什么都知道。先生，我觉得她是那种
喜欢打探大家秘密的女人。"

"我并不意外，警长。"

"是啊，我也猜到你不会。从他们的描述来看，我觉
得一个烦人的院长可算不上是一个圣人。我觉得死者先是
脑后遭到重击，然后再被推入河里的。"

"可以这么想，但是你要记得还有一种可能性。目前
有证据表明，死者最近经常头晕。她摔倒过一两次。"

"你是想说，她可能是自己不小心摔倒了，然后跌进
了河里吗，先生？"

"的确有可能。如果她在那座桥边时突然头晕摔倒，
可能会朝后仰去，导致后脑勺碰到身后的栏杆上，她的身
体可能顺着栏杆下的空隙滑进了水里。我并不是说事实就
是如此，只是提出一种可能性。"

"有可能，先生。但是我觉得可能性不大，除非她患
有某种让她很容易摔倒的疾病——比如癫痫之类的。等尸

检结果就知道了。至于所谓的眩晕，我觉得太站不住脚了，就像夫人说她是圣人一样。我说话可能有些直白，请你原谅，先生，但是过犹不及。"

"我明白，警长。夫人过于夸张了。"

"大家都是这样，先生，不仅仅是那位夫人，还有格雷玛亚的那两个女人——巴罗和西格森——她们几乎就是在互相重复一套说辞：'她经常头晕；修女的头晕很严重。'还有那些年轻的女佣——正常的时候是几个活泼的孩子——都垂着眼睛说，修女最近会头晕。这让我想到了他们在达特茅斯路的那所怪里怪气的学校里演出的希腊歌剧——所有人一起合唱些什么关于命运或愤怒的歌。没错，先生，她们像是在合唱一首关于命运的歌剧。"

"你的说法很有说服力，警长。你的逻辑很清楚，但是不要忘了：莫妮卡修女是一个掌控欲很强的女人。我相信是她把这些在儿童院工作的人训练成只会坚持重复她说的话，她们现在依然还处在阴影之下。等过一段时间，她的死带来的惊吓消退后，她们会恢复正常的。"

"也许吧，先生，但是我还是觉得这个案子很蹊跷。这里以前也出过一次溺亡案——比尔顿家的那个女孩。我觉得我们根本没有查清真相。这次不管怎样，我一定要查个水落石出。"

费伦斯静静地坐着，他十分欣赏警长：他是一名认真努力的警官，头脑聪明，拥有一定的推理和想象能力；警长正在寻求他——费伦斯——的帮助，因为作为刚搬进来的一个头脑同样聪明的新村民，他也许能提供一些有用的帮助。

"我觉得你说得很对，"费伦斯淡淡地说，"你是得把两个案子都调查清楚。你是来寻求我的帮助——想知道我真实的看法，或者我所知道的信息。我绝对没有向你隐瞒，我在努力对你坦诚相告。但是我没有确切的信息，我也说了，我不会嚼舌根子。村里的流言蜚语和恶魔的低语无异。我会好好想想这件事，如果我想到什么应该告诉你的重要细节，我会联系你的。"

"那太好了，医生，那我就放心了。我可是冒险和你说了很多没有和他们说过的话。我告诉你，真正让我感到不安的是：他们都说她是个圣人，但是我很清楚，这个女人的死对他们很多人来说——无论是大人物还是小人物——都是彻底的解脱。"

"你说得可能没错，警长。但是要记得把握分寸。你对我推心置腹，我也不会把我们的谈话外传。我知道不少在死后被称为'圣人'的人。但是我在众人哀悼的时候，总是能在那些泪水中发现一丝如释重负。"

皮尔轻声笑了笑："听你这么说，我感觉好多了，医生。"

第六章

1

"这个案子肯定很折磨人：所有事都有疑点，但是我们什么都证明不了。"巴恩斯福德的督察对皮尔说，"我觉得死者是一个讨人厌的家伙。村里的人都不喜欢，但是没有人会承认。她最近摔了几跤的说法正好能证明她可能是自己摔进河里的。"

"总会露出蛛丝马迹的。"皮尔坚持道。

皮尔找到了下一件证据。这位细心的警长发现格雷玛亚的信箱非常牢固：一个铁盒子紧紧地钉在前门后，还有一个信箱锁。莫西卡修女身上发现的钥匙环中有相应的钥匙。皮尔本着"就当是碰碰运气"的心态，在25日的清晨来到格雷玛亚，想看看信箱里会不会有什么信件。他的运气果然不错。他发现了一份寄给"托灵顿小姐"的打印信件。里面有一张金额为12镑10先令的西南建筑协会半年期股息券。皮尔坐下来仔细算了算，心想："这下可就完全不一样了。"警长觉得很奇怪，为什么找不到她的私人账

户？虽然瑞丁夫人一口咬定一直给莫妮卡修女现金，但是
皮尔总是觉得她肯定有私人支出的记录。他不相信一个能
够事无巨细管理儿童院的人，却在个人收入支出的记录上
留下一片空白。皮尔陷入了沉思。他也在一个建筑协会
投资了一些钱，所以他知道最近的利率。半年12镑10先
令——说明本金至少有1000镑，这可是一笔不小的积蓄。
会是她自己的积蓄吗？皮尔拿起笔，开始计算莫妮卡修女
33年来能存下多少工资。这笔钱说明她每年平均能省下33
镑。"我应该可以假设她是一个节俭的人，"皮尔想，"她的
开支也不多。但是我们还是得查清楚她是怎么投资的：是
先一小笔一小笔，然后逐年增加金额，还是一次性付几百
镑？当然了，还有去世的那个妹妹……她可能给修女留了
些钱。那我们可得跑到萨默赛特宫①去调查了。"

皮尔静静地思考了片刻。过了一会儿，几个来安排死
因聆讯的上级警官也到了村里。皮尔向他们提出了自己的
想法，包括他认为死者很可能"还有别的秘密"——除了
建筑协会以外，她可能还有别的投资。

分局督察若有所思地看着警长："那你有什么看法，
皮尔？"

"两件事，长官。首先，我很肯定有东西被偷了：可

---

① 当时位于伦敦的英国税务局总部驻地。

能是一个手提箱，也可能是一个放现金的盒子。那个女人——我说的是死者——肯定有一些个人开支记录。不仅她的建筑协会记录不见了，她的支票簿或储蓄本呢？其次，一个女人告诉所有人，自己讨厌金钱，却背地里投资了一大笔钱。我想知道这笔钱是哪里来的。也许我想太多了，但是我觉得死者身上有很多解释不清楚的疑点。"

<h2 style="text-align:center">2</h2>

当晚，警察局副局长、分局督察和米勒姆普赖厄斯的警察开了一个会。因局长生病而代理局长职务的鲁特姆少校表示，他认为这个案子不容小觑，甚至可能隐藏着多个秘密。

"死者八年来，每个月都会给建筑协会支付10镑，"他说，"这笔钱是用支票寄给他们的。这也就是说，她在1943年以后，就把所有的工资都寄给了他们。但是这样就无法解释她的衣物和其他个人开支。这说明除非她是靠那么点利息度日，否则她肯定还有其他赚钱的手段，但是我们现在还不知道。"

"我觉得皮尔警长说到点上了。"督察说，"虽然他手上只有一些村里的流言，但是这些流言有强烈的暗示性。"

"是的，长官。"警长说，"战争爆发后，很多基金会在各地都举办了募集活动。修女负责收管所有善款。战争期间，有很多合理的事由——支援红十字会，安抚囚犯，帮助轰炸区域的难民和流离失所的人们，还有村里和教堂发起的各种募捐。据我所知，这些钱都没有经过上级的审计或核查。大家都把这些事托付给莫妮卡修女：她擅长筹钱，村民们也省了麻烦。值得注意的是，去年，她便不再负责这些额外的事务。村里召了一个新会计，教士接手了教堂的募集活动。我要声明这些消息的来源无法列为证据——但我认为这值得细查。"

"你的意思是，死者私下挪用募集的钱？"鲁特姆少校问道。

"长官，我认为有些人是这么想的，"皮尔说道，"但是我猜测她可能暗地里还干过敲诈的勾当。我们还不知道她有什么其他的投资，但是有一件事我可以确定：那个屋子里肯定有她的私人文件记录，也许还有一些现金，但是我们却什么都找不到。"

"你觉得是住在那个屋子里的人偷走了她的钱吗？"鲁特姆少校问道。

"我觉得有人偷走了她的钱，"皮尔说道，"但就算是住在儿童院的人干的，我们也不清楚她们是怎么做的。那里住着三名年轻的女佣，她们三人都有可能偷了那些钱，但我觉得她们都不可能杀人。别忘了，死者身材高大，体格强壮。还有，汉娜·巴罗负责打扫死者原先的书房。这三名女佣没有院长的命令是不得进入书房的。但汉娜说没有丢任何东西。"

"但是死者肯定不会把自己的私人文件放在所有人都能接触到的盒子里，"督察说，"她肯定把那些文件锁在某个地方。"

"是的，长官，"皮尔表示同意，"如果是这样的话，谁能打开她藏东西的橱柜或抽屉呢？她的尸体被发现时，钥匙都在斗篷口袋里。我亲自找到的，包括那房子里所有橱柜和抽屉的钥匙。"

"我同意皮尔的看法。"鲁特姆少校说，"目前的推断是：死者脑后遭到重击，然后被人推进了磨坊溪流里。我认为凶手很可能知道死者会随身携带钥匙，并从死者口袋中取走过钥匙。但如果是这样，尸体从水里打捞上来时，为什么口袋里还会有钥匙？钥匙环上的每一把钥匙都对上号了吗，皮尔？"

"是的，长官，每一把都对上号了。一共有11把钥匙：前门，菜园大门，储藏室的门，办公桌，两个橱柜和办公室里的零钱盒，还有药柜，存放布料的橱柜，存放衣物的橱柜和书柜。除此之外，并未发现其他上锁的门、橱柜或盒子。倒是有一些食品储藏柜，但是那些钥匙都在厨娘手上。"

"这么看来，那幢房子里肯定还有我们没有发现的地方。"鲁特姆少校说，"那是个老房子，也许需要一些专业的人才能找出那些隐蔽的地方。我也认为死者肯定在某个地方藏了自己的私人文件。我们现在无法证明那些文件被偷了。这只是一种猜测。"

"我也想过那幢房子里可能有能藏东西的地方，长官。我问过那个管家——桑德森。他和庄园的木工和瓦匠一起负责那幢房子的修葺工作。他们都说那幢屋子的墙里没有藏东西的地方。地窖和阁楼很干净。我从来没有见过那么干净的房子，简直就是一个谜。"

"听着，皮尔。如果我们考虑太多细节，很可能会走上歧路。我觉得我们现在应该重新回顾一下这个案子，看看能不能排除掉无用的信息。你来说吧，皮尔。你花了很多工夫，也知道些内情。你用你的方式来描述问题时总能给我带来新的思路。"

"好的，长官。"皮尔思考了几分钟，便开始梳理案情，"我听闻莫妮卡修女的死讯时，就想到了另一个案子——南茜·比尔顿也是在一个夜晚，在那个磨坊溪流中淹死的。我一直无法认同那个案子的最终结果。我内心总是觉得莫妮卡修女有所隐瞒。我知道直觉比不上证据，但是我认为多年警察的经验让我能够看出证人是否有问题。有时候虽然你无法证明，但是你知道这个人有事情瞒着你。"

分局督察说道："我明白皮尔的意思，长官。我觉得他说得没错。你能判断出证人是否在说实话，虽然可能中间夹杂了很多没用的细节，也能判断出他是否遮遮掩掩，讳莫如深。"

皮尔感激地看了他一眼，继续说道："我一直想看穿这个女人。我知道几十年来，人们都很信任她，她在那个儿童院有着绝对的话语权。我觉得她变得有些古怪。有些女人随着年岁增大，就会变得很古怪；尤其是当她们身处一个自己说一不二的小世界里。因为我对比尔顿的案子耿耿于怀，所以我一直想了解这个村子的情况。村民们都不愿意开口——他们声称自己不知道的事可能都能写一本书了。我有一个儿子和一个女儿，都在我们这里的学校里念书。他们跟几个从米勒姆摩尔村来的孩子是朋友，我听过他们之间的聊天。据他们说，莫妮卡修女什么都知道。村子里大大小小的事都逃不过她的眼睛，那些孩子们还会玩一个叫'莫妮卡修女'的捉迷藏游戏。当一个女人经常窥探自己的邻居时，迟早会出事。我认为莫妮卡修女可能发现了当初是谁蛊惑了南茜·比尔顿——尽管她并不承认知晓此事。我觉得这个当初把南茜·比尔顿推进溪流中的人发现莫妮卡修女也在桥边时，便决定故技重施。"

"你是说比尔顿是被蛊惑她的那个男人杀了，"督察说，"这个人认为莫妮卡修女知道了他干的事——还是说你认为莫妮卡修女可能暗中勒索了他？"

鲁特姆少校摇了摇头："你似乎已经认定莫妮卡修女是一个彻头彻尾的恶棍了。你好像没有支撑这套推论的证据。"

皮尔的脸涨得通红，但是他坚持说道："我觉得她的头脑已经很不正常了，长官。宗教狂热和其他的瘾一样，会让人无法控制自己的行为。他们觉得自己做的一切都是绝对正确的。她会祈祷好几个小时，还在夜晚出去冥想，这就是狂热的行为。她还迷恋权力。她高压统治着格雷玛亚的所有人：那个老护士，那个厨娘，还有那些年轻的女佣。她几乎把她们都催眠了。任何人拥有那种权力都会控制不了自己。没有人敢和她作对，所有人都害怕她。"

"我相信她在儿童院里有绝对的控制权，也相信她因为知道得太多，几乎掌控了整个村子，"鲁特姆少校说，"但我并不认为她也迷惑了瑞丁夫人和其他委员会的人。他们也不是傻瓜。"

"的确，长官。"皮尔继续说道，"但是莫妮卡修女对于瑞丁夫人来说很有用。夫人以格雷玛亚为荣——家族相传的独特善举。瑞丁夫人还说现在这种慈善已经越来越难做了，我相信她说得没错。让莫妮卡修女管理那个地方所需的花销远比其他人要低。巴罗护士和厨娘的工资也只相当于一般佣人的零头，那些女佣又都是些不守规矩的少年犯。我听说瑞丁夫人是一个很有商业头脑的人，长官。我无意冒犯。"

鲁特姆看上去有些不安。镇上的人都知道瑞丁夫人是一个精明的商人。然而督察可不把镇上的这些大人物当回事，他说道：

"我明白皮尔的意思，长官。格雷玛亚的院长非常能干，也非常节俭——这是无可辩驳的。我相信她肯定巧妙地哄骗了瑞丁夫人和委员会，让他们忽视了其中的猫腻，嘴里只有那套'圣人'的故事。他们现在肯定不会改变口风。"

鲁特姆少校沉思了一会儿后说道："我们有什么确凿的证据能证明这是谋杀？"

皮尔还没来得及说话，督察便抢先说："有以下几个疑点，长官。两个女人都是在晚上淹死在了同一个地方。她们都在同一个儿童院里居住过。第一个案子最后被裁定为自杀。现在的问题是，我们能接受第二个案子被裁定为是意外吗？有证据证明死者曾经遭到重击；皮尔收集到的口供都一致表示她可能是自己摔倒，撞到后脑，滚进了河里。虽然没有证据能反驳这种说法，但是死者的一些私人文件很可能失窃了。决定权在您，长官。"

"我明白你的意思，"鲁特姆少校说，"你觉得应该进行进一步的调查。我同意。但是这个案子绝对不简单。乡下人都很顽固。皮尔说他们一致的回答都是'我不知道'和'我不记得了'。也就是说这些村民根本帮不上忙。这真的很奇怪。"

"您得先明白米勒姆摩尔村到底是个怎样的村子。"皮尔说，"他们一直与世隔绝，不与外界沟通。我们米勒姆普赖厄斯每次要开游园会或慈善晚会的时候都会说：'不用去找摩尔村的那些人帮忙。'，而他们也会说：'米勒姆普赖厄斯从来没有帮过我们，我们也没必要帮助他们。'这并不是什么宿怨，只是他们能追溯到几百年前的一种思维习惯。上次在南茜·比尔顿的案子上，他们把我糊弄了过去，因为他们一致对外。"皮尔哭丧着脸，坚决地说道，"这似乎是他们血液中的一种坚持，一种不一样的特质。他们不像我们这样互相谅解，也不接受法律和秩序。他们似乎想自己发展一套规矩。"

3

"我想把这件事交给苏格兰场处理，格雷。"皮尔离开后，鲁特姆少校对督察说，"我明白这两个人的死有蹊跷。我们不能放任不管。但是调查过程应该很漫长。你已经忙得不可开交了，这里的其他警察也没空接这个案子；更何况我觉得他们也查不出什么东西。"

"我同意您的看法，长官，但是我觉得皮尔做得很不错。他当机立断，收集了所有常规的证据，整理了时间线，相关人员的所在地等。他检查了现场周围的地面，也搜查了儿童院。不仅如此，他还考虑了其他可能性，有些想法还是值得跟进的。但是我觉得他也没办法再深入下去了。这不是他的错，双方都有问题。他说村民们'想自己发展一套规矩'，的确没错，但是他抱有偏见。是他们让他产生了偏见，但这也说明他也让他们产生了偏见。"

鲁特姆少校点了点头："没错，也许找一个新面孔会更好，可能会有新思路。当然我也可以让你和你的人先放下你们手头的工作。"

"那我会觉得很遗憾，长官。我们已经在税务署案件中投入大量精力，很有可能破获这个案子。那是个大案，需要很多专业知识。但是这个案子只局限于那个村子，你应该明白我的意思。米勒姆摩尔村的人不配合，甚至是抵制米勒姆普赖厄斯的警察。他们以前去办过案，那些村民们都觉得自己已经摸透他们了。如果能派一个苏格兰场的人来，那些村民们可能会有不一样的反应。"

鲁特姆少校扬起了眉毛，督察继续说道："长官，我觉得那个瑞丁夫人肯定知道这个儿童院长的脾气已经越来越古怪。我能理解皮尔对于'圣人'的说法非常恼火。但是那个村里的人还没有尝过被专业的调查人员盘问的滋味。"

"你说得有道理,"鲁特姆少校点了点头,"既然如此,我觉得应该从伦敦找一个眼界开阔的人来处理这个案子。"

督察回到车里,不由松了一口气,他要继续去处理手头上这个忙了几个星期的案子了。

"要是非得对他们来硬的,那就交给苏格兰场的人吧。他们肯定不会管什么圣人,绝对不会手软。"

警官们都离开后,副局长独自坐了很久。鲁特姆少校处理问题的方法总是免不了有些保守。要信任和尊重"正确的人"是他内心根深蒂固的想法。督察对于瑞丁夫人的评论让他感到有些不安,更让他不安的是那句"决定权在您,长官。"格雷难道觉得自己会因为接下来的调查可能会影响瑞丁家族而叫停吗?不过鲁特姆少校也承认,如果这个案子交给警察总监办公室,而不是归郡警局管,他也会松一口气。但是移交案子会让他心里很不痛快,他不喜欢。不管自己手下的人往哪个方向查,他总会想要支持他们。他不喜欢勉强忍受"正确的人"。"可能都是一个样,但也许真的能查出点东西。"他心想。

真正让鲁特姆少校有些不安的是,他觉得自己可能对于莫妮卡修女的经济状况之谜有所了解。瑞丁夫人给莫妮卡修女的薪水一直是现金。明面上来看，每个月10镑，全都投到建筑协会里了。但是瑞丁夫人有没有私下给她涨薪水呢？鲁特姆少校记得他曾经听他妻子的一个女性朋友说过："你永远能在埃塞德丽达·瑞丁身上得到更多东西。"当时鲁特姆少校夫人马上转移了话题。是在说奶油，还是在说黄油？鲁特姆少校记不清了。是说格雷玛亚的院长摔倒了吗？应该只是说到一件令人不快的小事。当然了，鲁特姆少校并不了解瑞丁夫人的事：他只是听人提起过一两句——然后就置之脑后了。当时他还不是副局长，何况作为一个男人，也不该过多地了解妻子和朋友之间的事。

鲁特姆少校伸手拿起了电话。"我要找一个很厉害的角色来。"他心想。

警察总监办很快就对鲁特姆少校的请求做出了答复。麦克唐纳总督察将着手调查莫妮卡修女之死。

第七章

1

开往德文郡的路上，麦克唐纳欣赏着路上的美景。他带着里夫斯督察于6月27日早上5:30从伦敦出发。彼时伦敦的大街小巷都空无一人，麦克唐纳往西南方向驱车经过切尔西和莫特莱克，并赶在早晨送货的卡车挤满道路之前穿过了斯坦斯。清晨的阳光很好，里夫斯舒舒服服地坐在副驾驶上。麦克唐纳那辆精心保养的车平稳地开在洒满阳光的道路上。他们经过巴辛斯托克和安多弗，然后加速驶过通往威尔特郡的艾姆斯伯里公路。右边就是索尔兹伯里平原，远处只能看到模糊的地平线。他们远远地看到巨石阵时，里夫斯不由发出了一声惊呼。看上去是那么小——就像平时看到的模型一样。

"我从来没有亲眼见过。"里夫斯说。

"那你现在见识了。"麦克唐纳说。

他把车停在路边，两人一起往巨石阵走去。里夫斯盯着看了很久，终于问了一个问题：

"这些石头一开始是从哪里来的？"

"外圈是威尔特郡丘陵的砂岩漂砾；内圈的蓝色石头是彭布鲁克郡的。"

"他们怎么把这些石头搬过来的？"

"当你厌倦了成日里探查罪恶之人的想法和情感时，你会发现偶尔想想'怎么做到的？'会让你有新的领悟。"麦克唐纳说，"最有可能的回答是通过水流。这样他们就得挖出一条连通河流的运河。"

"真是大工程。"

"没错，大工程。还可以用滚木搬运，那就需要用到杠杆定律。别忘了，当时还没有道路，石器时代的英格兰是被森林所覆盖的。"

"这个问题的确很有意思。"里夫斯说，"我倒是觉得查出是谁杀了莫妮卡修女，以及如何杀死的，为什么要杀死她，这可能会更加简单。不过我会记住您的建议。有时候要是我真的厌烦了，我会试试改变思考的方式。"

"等我退休了，我可能会写一本关于石头的专著，只供私人传阅。"麦克唐纳说，"巨石阵，伦斯代尔的山谷石，还有伦敦石。"

"别忘了命运之石①。"里夫斯笑道。

---

① 又称为司康之石，《旧约》中雅各枕在这块石头上，得到了神的启示。

"我当然没有忘，不过还是不要打扰沉睡的石头了。"麦克唐纳说，"如果你看够了，不如再来点咖啡？一路上很顺利。两小时开了125公里已经不赖了，我们可是从威斯敏斯特出发的。"

二人开车穿过陶顿，抵达米勒姆普赖厄斯的时候刚好能在乔治酒店用早午餐。里夫斯饶有兴趣地打量着维多利亚时期装潢风格的内饰。用过午餐后，他们便开往米勒姆普赖厄斯警局，找皮尔警长和巴恩斯福德督察了解情况。

2

"那个地方很不对劲。"皮尔与麦克唐纳讨论完送到警察总监办公室的报告后总结道，"我知道我现在猜测也没用，我们的副局长说了：'交给苏格兰场吧。'但是我认为我问询过的每一个证人都有所隐瞒。无论是庄园里的人，还是村里的村民，全都缄口不言：老布朗医生，金斯利牧师，管家桑德森——他们其实都知道些内情。"

麦克唐纳细细看着皮尔精心列出的名单："我觉得在你到达时就在现场的那几个人应该能给你提供更多有用的证据。如果我的推测没错，这些人应该都和磨坊附近的村子有很深的关系。塞穆尔·维纳住在磨坊里，鲍勃·多恩是附近锯木厂的工头，乔治·威尔逊负责维护发电机，杰克·黑吉斯是磨坊附近农场挤奶工。发现尸体的吉姆·里格是庄园农场的副挤奶工，不过他住在小桥旁边的小屋里。这也就是说，他们所有人从早到晚都有可能会通过溪流上的那座桥？"

"是的，长官。"皮尔回答道，"挤奶工需要从早到晚盯紧处于产犊期的母牛。乔治·威尔逊要保持发电机的电量。我知道有时庄园用电量大时，他甚至会半夜去电厂查看存储电量。村里的人都知道多恩经常在锯木厂干活到深夜，他会接一些农民的私活，他和儿子会帮村民们切割砍伐的木料。小多恩有自己的拖拉机，车上有电锯装置。根据他们俩的个性，我认为他们是清白的。不过，他们并非看起来那么傻。"

"我肯定会从他们入手，"麦克唐纳说，"告诉我，你说死者曾经负责不少募捐活动，后来为什么又不再接手了呢？"

"'她已经筋疲力尽了，修女真的太操劳了。'"皮尔讽刺地模仿着，"'老布朗医生说修女已经筋疲力尽，我们也觉得实在不该再让她担这种担子。'您仔细听，头儿，这几句话听上去冠冕堂皇，其实里面大有深意。"

"那我只能想办法融化这层坚冰了，"麦克唐纳说，"越快越好。"

"祝您一切顺利，"皮尔说，"您打算住在哪里，长官？"

"住在米勒姆摩尔的小酒馆里。应该让村里人都知道总督察就住在村子里，如果查不到什么有用信息是不会离开的。我和里夫斯已经做好了持久战的打算。"

里夫斯笑了起来："这种战术很有用。过不了多久，他们就会受够了你这张脸，总有人会最终忍不住说出一些让他们自己都会后悔的话。我们的策略就是从早到晚都阴魂不散地缠着他们。"

"阴魂不散，"皮尔表示赞同，"你们真有办法，这些人的确有特殊的迷信。"

"可别这么夸里夫斯，他最喜欢借来护士的斗篷假装成鬼魂了，"麦克唐纳说，"我可是不会放过任何一个细节，希望有人能不小心说漏嘴。"

两位刑事侦缉处的警官开车前往荒原。车窗外飘来阵阵清香：新割的稻草，盛开的豆荚花和三叶草的味道一路伴随着他们。里夫斯不时地像一条猎犬般抽抽鼻子。当他们看到山顶的教堂塔楼和农舍屋顶时，里夫斯说道："这个地方的风景真好，我从来没有见过这样的村庄。"

麦克唐纳说："英格兰建在山顶的村庄不多，也许正是因为这种特殊的地形才孕育出了这些特殊的人。"

"自视甚高吗？"里夫斯一边盯着山崖边起伏的屋顶，一边随口问道。

"不，不是自视清高。应该说与世隔绝。"麦克唐纳回答道，"与世隔绝的小社会往往都会有一种共同的防御机制。抱歉，不知不觉就说了些行话。"

"是吗？我都没听出来，"里夫斯说，"但是我明白您的意思：你照应我，我照应你，外乡人可别想捞到半点好处。"

麦克唐纳把车停在米勒姆盾徽酒馆外。他走进酒馆，想订两间客房。西蒙·巴拉康摇了摇头。他一边洗手一边不耐地说，他们最近不接待访客。

"那你应该把墙上的'食宿'和'住房不退'的牌子拿下来，"麦克唐纳说，"我是苏格兰场刑事侦缉处的警官。我要订两间客房，你能不能给我安排食宿？"

西蒙·巴拉康抬起头看了看倚在柜台前的这位肤色偏黑的瘦高个，那人不情愿地轻声说了句什么。他很快便决定，自己还是不要惹这位来客为好。

"好的，长官，我们会尽量为您安排。这可能需要一些时间，很抱歉，以往这种时候，不会有太多人来我们村子。先把您的行李给我吧，长官。请问你们要在这里住多久？"

"不好说，"麦克唐纳说，"不过我先定一周吧。我们有公事要办。"

五分钟后，两位督察便沿着村里的坡道往磨坊走去。

里夫斯说道："今天的任务：言简意赅，直奔主题。"

"没错，"麦克唐纳说，"不知是有意还是无意——我认为是有意的——这个遗世独立的村子有一种'神秘'的气息。圣洁孤傲、混淆视听、不拘小节。"

"都是装出来的。我留心打量了我们落脚旅店的那个家伙。"里夫斯说道。

"你很聪明。我们首先给他们一个下马威，让他们明白我们不吃乡下人的那一套。磨坊就在前面了，你可以去那座桥上看看。"

"好的，"里夫斯说，"我会假装自己身体不适，头晕眼花，看看能不能在摔倒的时候把后脑勺敲到桥边的扶手上。她身高有一米七吧？您待会儿也可以来帮忙。"

3

"你是维纳太太吧？我是苏格兰场刑事侦缉处的警官，我是来调查莫妮卡·托灵顿之死的。我想问你几个问题，可以进去慢慢说吗？"

维纳太太已经满头白发，她像是突然看到一根爆竹炸开般惊讶，盯着眼前这位瘦削的高个子警官。他的语气很从容，却不失礼数。维纳太太不由地想要回避他的问题。

"我知道的不多，都已经告诉警官了。我其实不知道什么有用的信息。"

"首先声明，我要重新开展问询，"麦克唐纳说，"从头开始。我的职责就是不依赖于先前的回答，提出我的问题，得到属于我的回答。你可以拒绝回答，但是这只会延长你在法庭上遭受到的盘问时间。"

"我不是拒绝回答的意思，我只是想说我没有什么可说的了，"她忙说道，"但是请进吧，我会尽量回答的。"

她是一个身材结实，看上去很和善的中年女人。麦克唐纳对于农村妇人总是很有好感。他跟着她来到了整洁的会客厅。虽然这种房间在乡村生活中鲜有用武之地，但这些农村妇人也总是以自家体面的会客厅为豪。麦克唐纳在开展问询之前便明白，这段对话很可能会重复很多遍。

"你认识托灵顿小姐吗，维纳太太？"

"当然了。我们都认识她。我患上肺炎的时候，修女来护理过我。那是打仗时候的事了。修女是一个很完美的护士。"

"你是说她把你护理得很好，你很感激她，并觉得你可以信任她。"麦克唐纳注意到维纳太太瞥了他一眼，随后她道：

"修女是一个很好的护士，她总是在帮助别人。"

"你最后一次和她说话是什么时候？"

"我记不大清楚了。"

"是在她死前不久———一两天前吗？还是几周前？"

"可能是几周前了。从这里走到村子里要翻过一个陡坡，修女年纪大了。我年纪也不小了，我现在没必要的时候也不会爬那个坡了。"

"那个坡的确很陡——我也看到了。"麦克唐纳说，"从庄园边走到村子里的路肯定也一样陡。"

"是的。没错——甚至更陡。"

"但是托灵顿小姐偶尔会在晚上从坡上下来，对吗？"

"他们是这么说的。"

"你在晚上从来没在庄园里，或者磨坊边见过她吗？"

"我见过她一次。我当时很惊讶。"

"你见到她是什么时候？"

"很久以前了，我现在记不清楚了。"

"我们先弄清楚那是什么时候。季节对于乡村来说，比城市更重要。维纳太太，你是一个农村妇女，你应该能记得你在晚上看到托灵顿小姐出现在庄园里时，是春天，夏天，秋天还是冬天吧？"

维纳太太的脸涨红了，她不安地想了很久后说道："那是在春天。"

"那应该不是今年，因为你说是很久以前的事了。"麦克唐纳追问道。

"那就是去年，"她说，"当时已经过了晚上12点。我出门是因为我的小狗走丢了，我很担心。那些农夫们可不喜欢看到野狗跑来跑去。"

"尤其是母羊刚生羊羔的时候，"麦克唐纳说，"德文郡羊羔出生的时间早，所以应该是在初春。"

"是的，没错——时间很重要吗？"

"很关键，南茜·比尔顿是在一年前的四月淹死在了磨坊溪流中，维纳太太。你看到托灵顿小姐在去年初春的晚上出现在庄园里——那是四月前——但是在南茜·比尔顿的案情问询中，没有人提过这一点。"

"没有人来问过我，况且这也不关我的事。莫妮卡修女和我们一样都被盘问了。她自己的事应该由她自己来说。"

"只要是诚实的人，就应该在警方的问话中坦白自己知道的所有事。托灵顿小姐知道你看到她了吗？"

"我不知道，我从来没有和她提过这件事。我们一般都叫她莫妮卡修女，我不习惯'托灵顿小姐'的称呼，没办法把她和这个称呼联系起来。"

"我想你应该试着联系起来，"麦克唐纳干脆地说道，"这样你也许能更加客观地看待她。你所谓的'莫妮卡修女'是被你们的愚信包装的人物。你说她很'完美'，一直重复着这个词，甚至忘记了她也只是一个活生生的人。你想让我和你自己相信，她是一个介于弗洛伦斯·南丁格尔①和石膏圣象之间的圣人。"

"我从来没有……"这个微胖的农妇急着反驳道，"你不该诋毁一个死去的人。"

"我没有诋毁死去的人。我只是想知道托灵顿小姐在世时是一个怎样的人，你已经给我提供了不少信息，维纳太太。"

"我和你说了，她是一个完美的护士。"

"是的，她在你生病的时候护理过你。我作为警察，经常需要总结不同人的特点。维纳太太，我觉得你是一个善良的人，肯定也不是一个忘恩负义的人。但是我问你上一次和托灵顿太太说话是什么时候，你却说你已经忘记了。那肯定是很久以前的事了。当你深更半夜在庄园里看到她时，你也没有和她搭话。我觉得这很奇怪。你应该非常感激她，看到她半夜出现在庄园里，肯定也会觉得很奇怪。一般来说，如果你在半夜看到她，不是应该问问街坊邻居是不是出什么事了吗？"

"我不知道你想说什么。"

"我觉得你知道。我想知道你为什么改变了对托灵顿小姐的态度。你说她很'完美'，但是你仿佛一直在躲避她。你为什么要躲避她？"

---

① 弗洛伦斯·南丁格尔（1820-1910），英国护士，护理事业创始人。

维纳太太坐得笔直，她涨红的脸上满是不安。过了很久，她说："我没有躲避她，我们就是没有说什么话。我不明白警方为什么要问这些。"

"你认为伦敦为什么要派我来这里，维纳太太？"麦克唐纳问道，"这里明明已经有不少警察了。"

"我不知道为什么，"她坚持说道，"修女是因为头晕，摔进了溪流里。那明显是一个意外。"

"唯一明显的是，有两个人都淹死在那个地方。"麦克唐纳说，"其中一起被判定为自杀；你们说第二起是一个意外。我就是来查清楚这到底是不是意外，因此我需要了解关于托灵顿小姐的一切。其中一个问题就是，你为什么在午夜看到她游荡在庄园里，却没有和她搭话。是因为你以前就看到过她出现在那里吗？"

"没有，我以前就听说过她会出来散步……"维纳夫人大声说道。她不习惯应对这种长篇大论，这一切都写在了她不安的脸上。皮尔警长也问过问题，但是没有像这位伦敦来的警探一样抓住她回答的每一个字眼。

"你知道她当时往哪里走了吗？"麦克唐纳追问道，"她是走过了那座桥，还是往村里走了？"

"我不知道。"

"你的语气很肯定。"麦克唐纳说得，"但你还是没有回答我的问题。你为什么不和她搭话？"

"如果你非要知道的话，她已经变得越来越奇怪了。她变了很多。医生说她的工作太多了，身体不好。修女这个年纪的女人要是一直埋头工作不休息，肯定会不堪重负，变得脾气暴躁。我知道她变得很古怪。"

她突然不说话了，因为她听到门外的走道上传来了一阵脚步声。她马上说道："是维纳回来喝茶了。"门开了，一个头发灰白，身材高大的男人站在门口，看着麦克唐纳。维纳太太急忙说道："这是伦敦来的警探。就是他们经常说的刑事侦缉处。他一直问我问题，都把我搞糊涂了。"

麦克唐纳站了起来："我叫麦克唐纳，维纳先生。我是总督察。我应该不用再向你解释我来这里的原因了。"

"的确，"维纳说，"但是我们已经把知道的事都告诉警长了，就算吓唬我们，我们也说不出什么了。"

"我正要告诉你我来这里问出的东西，"麦克唐纳故意用轻松的口吻说道，"首先，虽然你们一年多以前就知道托灵顿小姐会在深夜出现在庄园里，但是在南茜·比尔顿之死的问询中，你们却对这么重要的信息只字未提。第二，维纳太太看到托灵顿小姐深夜出现在庄园里时，却没有和她说话。这不是一个好邻居该有的表现。最后，维纳太太还说托灵顿小姐变了，变得很古怪。"

"的确如此，"维纳说道，"她变得很奇怪。"

"很好，"麦克唐纳说，"她很古怪，一部分体现在她会在深更半夜游荡在庄园里。你知道她平时负责照看一群孩子。你们俩有没有找儿童院委员会或者医生反映过：院长变得很'古怪'——她表现得很不正常？"

维纳抢先说道："村子里的人不会去乱反映，我们好好过日子，不会去打扰别人。如果我们互相揭短，这种生活有什么意义。"

"好好过日子，不去打扰别人。在这个案子中就是，任她好好死去，不要打扰别人，对吗？"麦克唐纳说道。

4

麦克唐纳在维纳家又待了一会儿才出门。他走在通往磨坊溪流小桥的那条小路上。从维纳家的窗户望出去几十米外就能看到那座桥。里夫斯正站在桥上往下看着流水。麦克唐纳走到他的身边，里夫斯说：

"我不觉得死者会因为摔倒而导致后脑勺撞到扶手上。她太高了，扶手太矮了。"麦克唐纳点了点头，里夫斯继续说道：

"根据我的经验，晕倒的人往往会前倾，而不是往后仰。不过就算是后仰，扶手也会先磕到她的背部。她可能会往后仰倒摔入水中，但是她的头不会受伤。"

"但她可能因为双腿无力，像一个麻袋一般跪倒。"麦克唐纳说。

"好，那就说明她是以跪姿摔入水中的——身体呈折叠状，膝盖在前，双脚在后。如果她的脑袋会撞到扶手，那她肯定是面朝水面——面朝上游或下游。如果她跪倒在地，难道她不会抓住扶手吗？——这应该是本能的反应——你会在眩晕的时候抓住任何东西。因此她的重心必然是往前，而不是往后。最后，就算她膝盖发软，往后仰去，她的脑袋依然不可能撞到扶手。因为她身材太高大了。你试试，她没有比你矮多少。"

"我觉得这个推论不算特别有力的证据，因为一个人摔倒时可能是整个身体后仰，也可能是跪倒，"麦克唐纳说道，"但我觉得你有一点说得很对。如果她先跪倒在地上，磕到了脑袋，淤青不会这么重。撞击的速度不够，应该只是一点轻伤，而不是重击。"

"她只有在过桥时仰面直直地摔倒在地时才会在后脑勺出现那种瘀伤，"里夫斯补充道，"但如果是这样，她不可能整个人摔入水里。这座桥很宽敞，也很平整。"

"我同意你的说法。"

"我们甚至可以悬赏身高一米七左右，能在这座桥上摔倒后磕到后脑勺的家伙。"里夫斯说，"眼见为实。磨坊里的人能听到多少这里的动静，头儿？"

"他们不清楚这里的人员往来，日常谈话。听不到，水声掩盖了一切。他们也许能听到尖叫声。你可别忘了，农民们在夜间的耳朵可是很尖的。他们后天培养出了能听到羊群中任何扰动的敏锐听觉——路的那边是维纳家，附近就是一个农舍。"

"我不觉得是有人在这个女人过桥的时候击打她的后脑，头儿。这里离住房区和大路太近了。"

"是的，这里也不方便用长棍或短棍。"麦克唐纳说，"再说了，木板桥上的脚步声会更加清晰。而且正常人肯定会避免搬运死者的身体。她太沉了。"

麦克唐纳走过桥，站在面朝溪流的河岸边。他的身后是一片山茱萸、接骨木花、黑刺李和黑莓篱墙，左边是通往锯木厂的小路，右边是穿过庄园的小路。路的尽头有一扇没有上锁，但闩上了的五栏木篱笆门。

"我觉得一切是在这里发生的。"他说道。跟着他的里夫斯点了点头。

"我同意，但是她要去哪里呢？我原本想她是打算过桥往村里的街道走，但她后来肯定绕了回来，往左边走到了溪流边。"

"我们要解决的是：她在这里干什么？"麦克唐纳说道。

里夫斯略带疑惑地看着他："我们已经排除了'修女

很古怪'，'修女很累了'，'修女头晕了，可怜人儿啊'，对吧？"

麦克唐纳点了点头："我想是的。等我看到她的账簿和其他东西时就能确定了。精神紊乱的人往往会在笔迹和内容上体现出来，会出现错漏或缺失：一般会出现拼写错误，修改痕迹之类的。如果我发现——我觉得很有可能——她最近的记录还是和过去几年一样工整，有条理，我就能确认她的精神状态很正常。"

"好吧，"里夫斯说，"我猜她是来跟一个人见面的，或者是来监视某个人。她可能是那种很看不惯幽会情侣的老女人。"

"很有可能，但我更倾向于前一种猜测。村民都知道她会在半夜出来，他们都会互相嚼舌头。幽会的情侣们肯定会避开这个地方。"

"有道理。"里夫斯点点头，"但如果她是来和某个人见面，为什么要来这里？庄园里肯定还有其他根本不会被人发现的地点，而且这个地方还这么陡。"

"我也觉得。我们一起穿过庄园看看。"麦克唐纳说。

"拜访大人物。"一抹笑容出现在里夫斯黝黑的脸上。

"还不行。我准备最后再去找他们。"麦克唐纳说。

"那他们会很恼火的。这些士绅总喜欢被优先对待。"里夫斯说道，"你有没有发现皮尔认为这个士绅也参与其中?"

　　"他认为士绅一直在让村里人越发排外,"麦克唐纳和里夫斯一边穿过那道五栏木篱笆门一边说道。面前就是通往陡坡的小道,右边几乎是垂直延伸到河面的陡坡;左边地势升高,延伸至山顶村里的主路。

　　"半夜里走这种路还真是够危险的。"里夫斯若有所思地说道。

第八章

1

两位督察顺着山坡终于爬到山顶后，里夫斯叹道："这一路可真够累的，头儿。"

麦克唐纳点点头。他盯着庄园大宅和远处的教堂塔楼："如你所见——这是一幢漂亮的大宅。那边那幢稍小一点的房子是道尔大宅。如果费伦斯医生在家的话，我想去找他谈谈。据皮尔说，他是这村子里唯一一个正常人。"

"好。如果您不介意的话，我要去邮局买点邮票，去杂货店买双鞋带，也许还能去买些种在我家花园里的种子。"

"现在这时节播种已经太晚了，这是两个月前该做的事了。"

"是给明年准备的，"里夫斯说，"我明年能种些什么？"

"试试壁花吧。你是要扮演海军吗？"

里夫斯黑色的眉毛高高扬起："海军？明白了，您取笑我只是亮亮旗子^①。那都是以前的事了。"

他一边笑一边往左转，沿着路边的篱墙就能来到村庄主路上。麦克唐纳推开一扇坚实的大门，走过一片草地，来到了紫杉树篱边的道尔大宅菜园。一个身材瘦削的女孩正站在那里。她一头黑发，裸露在外的双腿和胳膊被晒成了小麦色。她穿着一件樱桃红和铬绿色相间的连衣裙。这画面让麦克唐纳想起高更的画。她正在修剪辛金斯夫人的石竹。当他开口道"下午好"时，她说：

"你知道辛金斯怎么处理不开花的石竹吗？石竹几乎占满院子。"

"把它砍掉，用力砍。"麦克唐纳斩钉截铁地说。她转了过来，手里抱着一大束雪白的花，浓郁的香气扑鼻而来。

"你好像很肯定？"她的眼里闪着讥讽又狡黠的光芒。

"不，只是书上这么说而已。"麦克唐纳马上回答道，"但是如果你不砍掉它们，它们肯定会占领你的院子。冒昧拜访，请见谅。请问费伦斯医生在家吗？"

"在家。这个村子的人真是出奇的健康。他正在老马车房改装的手术室里，研究花粉热呢。我带你过去吧。你

---

① 做表面功夫。

应该就是麦克唐纳总督察吧？"

"没错，你是费伦斯太太吗？"

"是的。你应该也发现有不少蜜蜂在嗡嗡叫。他们这样会很满足。"

"蜜蜂？"

"不。是村子。他们塑造了一个现代圣人。你熟悉乡村的生活吗？"

"我知道不少村子，但是我从来没有在村里住过。我知道不该一概而论……不该过于一概而论。"

"你是苏格兰场派来的，对吧？我觉得你会喜欢这里的。这间就是手术室，虽然看上去可能不像。"她大大咧咧地打开了门，往里喊道："雷蒙德，苏格兰场的人来了。我就不打扰你们了。"

她转身走了。麦克唐纳走过一间小等待室，一个声音从里屋敞开的门里传了出来："请进。"

麦克唐纳走进房间。一个瘦削的人正坐在堆满手稿的桌子前微笑地看着他。

"日安。"费伦斯说，"你得过花粉热吗？"

"没有，从来没有。"麦克唐纳坚定地说，"所以如果你需要一只实验小豚鼠，就只能自己去买一只了。"

"小豚鼠没用。不过，请坐吧。你有什么事？"

"莫妮卡·托灵顿小姐，死了。"

"恭喜你。你知道你是第一个对我用她本名称呼的人吗？他们总是'修女这，修女那'的，他们说她是'莫妮卡修女'……那只是一个修道院和医院的象征。简直就是一种催眠。我本来还以为皮尔会查出她的真名是麦吉……或者莫迪之类的。"

"不。"麦克唐纳说，"她的名字叫莫妮卡·艾米丽。1888年生于伦敦西北6区的基尔伯恩。父亲名叫阿尔伯特·托灵顿，开了一家蔬菜水果店，曾是救世军军乐队成员。他应该是个不错的家伙。我们找到了一些他曾经的邻居。他有五个女儿：莫妮卡，乌苏拉，特丽莎，多尔卡丝和露易丝。"

"你做了很多工作嘛。"

"我们有专门做这种调查工作的警员。"麦克唐纳说，"这种信息很容易查。那么……"

"我知道。但是告诉我，阿尔伯特、乌苏拉、特丽莎、多尔卡丝或露易丝有没有给莫妮卡留下过一大笔钱？"

"没有。遵照遗嘱分配。再说了，她们并没有全部过世；至少萨默塞特宫没有多尔卡丝和露易丝的死亡记录，她们俩应该依然是单身。"

"是吗？看来单身是这个家族的传统。在你开始对我进行冗长的问话之前，不如再和我说说这个女人的背景，我很感兴趣。"

"她1888年生于伦敦西北6区的基尔伯恩——如果你愿意听下去的话，"麦克唐纳说，"上的是寄宿学校。11岁时离开家成了一名服务周到的保姆，也就是一年10英镑。这些都是从他们家附近的一个80多岁还身强体壮，能赚钱养家的女佣嘴里得知的。1914年，莫妮卡·艾米丽加入了志愿救护队。她肯定受过良好的教育，还做过不少私人育婴师的工作。1917年，她被任命为沃特福德一家孤儿院的助理护士。1921年，她被任命为格雷玛亚儿童院的助理护士。她当时33岁……"

"以每年48英镑的工资捞钱，"费伦斯喃喃说道，"谢谢你告诉我，这让我明白了不少事；你有没有打听到关于她母亲的事？"

"这位80多岁的用人说她的母亲过于体面节俭，和她生活在一起是一件非常可怕的事。她认为棍棒底下出孝子。"他停顿了一下，又补充道，"我知道这是一个教科书般的案例：任何陷入写作瓶颈的精神科医生都会紧紧抓住这个故事。但是我想说的是，你应该也发现村子里的所有人几乎都被'莫妮卡修女'这个名头催眠了，而且已经持续了很久。你刚搬到村子里，能够客观地看待这整件事。所以你应该也能理解我为什么既不希望被'莫妮卡修女'所催眠，也不希望用精神医生的办法来处理这个案子。一个叫莫妮卡·艾米丽·托灵顿的女人淹死在了磨坊溪流中，神圣光环、思想指导、情结心障、防御机制等术语都不能混淆我对这个女人的认知。"

"明白了，"费伦斯说，"但我想问一个问题。如果你认为一个人的背景不会影响到她成年后的精神状态，那你为什么要去收集她的童年和成长时期的资料呢？"

"我没有说不会影响。我想要在我的脑海里明确一件事：她死在这里，她在这里住了30年。是在这里出的事。我不会回到基尔本去查为什么一个女人淹死在米勒姆摩尔。"

"我明白了，"费伦斯说，"你现在就像一个轰炸机的飞行员，在得到目标指令前，只要闪避着躲开高射炮火就好。"

"这个形容很形象。我知道你才搬过来三个月，但是如果你有什么想法，我很愿意听听你对于托灵顿小姐之死的看法。"

"我当然有自己的想法了。我第一眼看到她时就不喜欢她。我不喜欢她那一副非常虔诚的样子。"他犹豫了一下，掏出一包香烟给麦克唐纳。"如果我多言了，请及时打断我。我作为医生，见过很多护士。我尊重护士：她们工作很努力，而现今她们的待遇一直不高。过去，对于护士的培训有一些弊端，有的护士会慢慢滋生出一种'暴君'的特质：她们会变得想要控制病人，从见习护士到病人亲属——任何她们能接触的人。如果再将她们视为上帝选中的人，甚至会加固这种权力。我非常反感这种做法。我对于托灵顿小姐的第一印象就是，她有旧式医院护士长身上最恶劣的控制欲，再加上宗教式的幻想，她就是一个最虚伪的利己主义者。"

"你觉得她适合做格雷玛亚的院长吗？"

雷蒙德·费伦斯用拳头敲了敲桌子："那不关我的事。你要明白，如果我有任何能证明那些孩子遭到虐待的证据，我绝对不会轻易罢休。但我没有这种证据，任何人都没有。我对这个女人的厌恶只是我个人的感受。我不喜欢她的站姿，她浮于表面的谦顺，她那双充满宗教迷恋的眼睛；从头到脚，都不喜欢。她是一个身材高大的女人，有一双大手和一双大脚。精神医生可能会告诉你，我是因为讨厌她的个头比我大，讨厌她总是看低我——俯视我。"

"你觉得她讨厌你吗？——你是一个外来者，你也没向她表达她自认为应得的尊重。"

"她没有讨厌我的理由。我一开始就说得很清楚：我对格雷玛亚没有兴趣，也无意插手其中的事。但是厌恶一般是互相的。我对她的厌恶很可能造成她对我有相同的态度。但是我不知道这对你来说有什么用。我没有击打她的后脑勺。”

“我没有说是你干的，”麦克唐纳说，“但是我想知道，你的到来会不会和她的行为有间接的关系？”

“为什么这么说？”

“她应该知道你的病人们也许会向你透露不少事。皮尔警长告诉我，村子里对你的评价很高，她肯定也很清楚。她难道就没想过，你很可能会了解到一些足以撼动她在村里地位的事。你会知道她为了权力而不择手段，以致所有人都会和她保持距离。”

“这……有可能，”费伦斯说，“在我看来，这里的情况其实很复杂。村里有头有脸的人都把她奉为圣人，得发生很严重的事才有可能扳倒她。”

“也许有头有脸的人都很推崇她，但是她的后脑勺遭到重击也是事实。”麦克唐纳说，“肯定是发生了什么‘很严重的事’，才会让人这么做。”

费伦斯笑了：“那当然了。你想问我觉得谁对她的怒意大到会重击她的后脑。我不喜欢搬弄是非。村里有些老婆婆很喜欢和人谈天说地，不过大部分都只是捕风捉影；不过我倒是想和你说一些他们对于莫妮卡修女的看法。她的那件长袍底下藏着不少故事。比如说，庄园管家约翰·桑德森是一个为人正派、待人谦和的人。莫妮卡修女曾经背后诋毁他。她到处和人说，她知道引诱南茜·比尔顿的人'不是'桑德森。这是她的惯用手段：结果大家都在说就是桑德森引诱了南茜·比尔顿。桑德森没有理会这些谣言，但不是每个人都能像他一样。"

"我同意。托灵顿小姐为什么要背后诋毁他？"

"那你最好去问他了，他是一个不会拐弯抹角的小伙子，从军队退役后在银剑公司做了一些培训便来到了这里。他对这个女人的看法和我一样。他负责战后格雷玛亚儿童院的装修和重建工作，所以很清楚那里的事。他不喜欢那个儿童院——但是他从未说过那些孩子遭到什么虐待。不过——你可以去见见他。"

"我会的。另外，他结婚了吗？"

"没有。但是不要因此对他有什么偏见。"

"我不会有那种偏见。"麦克唐纳说，"我很讨厌这种偏见，我自己也还是个单身汉。"

"真的吗？天啊，真是可惜……还有一件托灵顿做派的事：修女说她认为安妮——也就是我的妻子——在我出门的时候邀请桑德森来家里喝酒'不是'什么出格的事。我提起这件事是因为它说明我和桑德森的性格很相似。不过如果你觉得我也算是有利益相关的人，你应该再找第三方问问他们对这些事的看法。"

"好的。我还有几个问题。你说村里有头有脸的人都非常推崇托灵顿小姐。她有没有用这种手段对付过你口中的这些'大人物'？"

"没有，从来没有。她不是傻子。"费伦斯停顿了一下继续说道。"唯一一个被排挤的士绅就是布雷斯韦特小姐，她以前也是格雷玛亚委员会的一员。她提出让莫妮卡修女在60岁时退休，任命更年轻的人担任院长。后来，村里就流传说布雷斯韦特小姐1920年收养的女婴'不是'布雷斯韦特小姐自己的孩子。你可能会觉得有些牵强，然而一切就是这么发生了。"

"我明白了，你说布雷斯韦特小姐以前是委员会的人，她是自己辞职的吗？"

"是的。她应该是被迫辞职的。瑞丁夫人、牧师和医生都一心相信院长，不想让她走。"

麦克唐纳一时没有说话，他静静地坐着，突然提出了一个问题："当初和南茜·比尔顿一起的那个人到底是谁？"

费伦斯扬起了眉毛："那时候我还没有来这里，我也没见过南茜·比尔顿。"

"我知道，但是根据你刚刚的描述，肯定有一位病人和你说过所有'托灵顿做派'——引用你的原话——的事。我知道这种事在小村子里流传得总是格外快。我也知道村民们绝对不会向异乡人透露村里的事，但是很快就融入村里的医生不一样。他们会听说很多秘密，自然会告诉你。"

"从某种程度上来说，没错。"费伦斯医生小心地说道。

麦克唐纳笑了起来："你的语气很犹豫。我可以这么认为：你显然会关注托灵顿的事，换我也是一样。这些事会吸引你的注意，因为这个女人本身就很吸引人的注意。南茜·比尔顿之死是这个村子多年来发生过的最可怕的事——米勒姆摩尔村几乎没有发生过自杀或者横死的事。南茜·比尔顿在格雷玛亚工作，是托灵顿小姐手下的一名女佣。你敢说你从来没有问过你那些多舌的病人，到底是谁诱惑了南茜·比尔顿吗，费伦斯医生？"

"被你抓到了，"费伦斯笑了笑，"我的确问过。"

"我想也是。换成是我，肯定也会问的。"

"你说的话条理很清晰，很有说服力，"费伦斯说，"但是这些条理和说服力都没有用。这位你所谓的'多舌'病人在两周前去世了。她79岁了，死于癌症。在她生命的最后几周里，我几乎每天都会去看她。她最喜欢和我聊天。但是我不知道她嘴里有多少话是真的，更别提会不会是完全准确的了。她和我说了不少奇怪的故事，有些一听就不是真的。"他顿了顿，继续说道，"你无法核实这些话。这都只是没有证据的道听途说。"

"我知道。我没有让你给我提供上庭用的证据。我只是向你打探些风声，希望能帮我查清这个案子。"

"告诉你也没有用，因为那个人已经死了。他是一名军人，死于空难。我查不到任何相关的证据，但我想可能是真的。"费伦斯补充道，"如果当时和南茜偷情的人居住或暂住在村子里，人们肯定会把他找出来；至少会有不少流言蜚语。但是因为这个人当时在国外，和那个女孩的死肯定无关，所以没有人会提起他。那个老妇人还说'不可能是他杀死了那个女孩。提起他的名字只会给生者带来不必要的麻烦。'"

"我能理解，"麦克唐纳说，"但是还有一点。如果村子里的人都知道那个人是谁，托灵顿小姐为什么会不知道？她应该是那种喜欢打听秘密的人。"

"你说得没错。你想想，我觉得莫妮卡·艾米丽·托灵顿小姐很清楚，但是她认为保守这个秘密对她来说更有利。我可能想错了，但是我的猜想是这样的。南茜·比尔顿淹死六个月后，那个小伙子也死了，这件事就成了一个谜。"

"是吗？——或者说她想借此为难他的家人？"

"她怎么为难他们？那一切都已经结束了。小村子的人不会为了这种小事而大动干戈。那个小伙子只要喜欢她，就可以娶她。没有会关心孩子是在新婚之夜还是在婚礼筹备的时候生下来的。而且莫妮卡·艾米丽没有办法找他的家人麻烦。更何况那家人只剩一个领养老金的寡妇了。"他看着麦克唐纳，扬起了眉毛，"我想如果我不告诉你名字，你应该是不会善罢甘休的。不要去烦扰那个老妇人了，她是波维太太——苏珊·波维太太。她的家就住在桥对面那片漂亮的小棚屋区。那小伙子名叫史蒂芬。他有个哥哥，于1945年在缅甸牺牲。现在只剩波维太太一个人。如果有人看到你去她家，整个村子都会议论纷纷。她的日子已经很难过了，就让逝者入土为安吧。"

"犯罪调查可不是这样的，"麦克唐纳平静地说，"不过我同意你的说法，警探不应该造成没有必要的麻烦。你应该也知道皮尔警长认为这两起案子是有关联的——南茜·比尔顿之死和托灵顿小姐之死。"

"他有什么证据？这只是皮尔自己的想法，有这种想法是很正常的事。"

"皮尔也不傻。"麦克唐纳马上说，"他的想法是基于警察工作积累下来的经验得出的。成功逃脱谋杀罪名的人很有可能会故技重施。"

费伦斯医生不安地挪动了一下椅子；他的举动没有逃过麦克唐纳的眼睛。

"皮尔认为村子里有一名杀人犯，"费伦斯说，"我并不这么认为。"

"但莫妮卡·艾米丽·托灵顿是被谋杀的，"麦克唐纳平静地说，"至少我和里夫斯都认为她是被谋杀的。也许你可以参加里夫斯的悬赏，展示一下如何在过桥的时候晕倒且头碰在扶手上。你真的认为一个这么高大的女人能做到吗？"

"不，我想我做不到。但我也不会断言这是不可能的。"费伦斯说，"总有会一些奇怪的巧合。我还不知道尸检的结果。我能问问，有没有在她的脑部发现什么异常，会导致她产生这种众人皆知的头晕？"

"没有，但是他们发现了一些更为意外的事。不过那当然得保密。她的体内有酒精成分。她死后体内的酒精肯定已经分解了不少。"

费伦斯的拳头轻轻敲了敲桌子："我的天啊，这太可笑了。这个女人竟然有酒瘾。简直难以想象……"

"很有可能，但事实的确如此。"麦克唐纳平静地说，"这可能就是导致死者出现头晕的原因。"

"这真是令人意想不到，"费伦斯说，"不过我想这种情况并不少见。看上去无可指摘的老年女性偶尔会让自己喝个烂醉。"他突然不说话了。他的手托着下巴，陷入了沉思。麦克唐纳没有打断他。突然，费伦斯抬起头来看向他："抱歉，我刚刚在思考。这个证据的发现改变了一切，对吗？"

"是吗？"

"当然了，如果她当时喝醉了，这就能解释一切了。她可能在摔入溪流之前已经摔了一跤。"

"我没有说她喝醉了，我只是说他们发现了酒精的痕迹，"麦克唐纳说，"她在死前没有吃过任何东西。我想知道她体内的酒精是她从哪里搞来的，或者说是谁给她的，以及她藏在哪里？但是要知道这些只有一个办法——走访询问。我有一个例行问题要问你，医生。托灵顿小姐淹死的那晚，你去出诊了？"

"是的，半夜两点才回到家，我去荒原接生了。我开车回到村里的主路时，经过了磨坊，没有看到任何人，连一点灯光都没有，只是一个平静的仲夏夜。夜晚也不是漆黑一片的，月光下的主路还泛着淡淡的白光。视野还是和白天一样清晰。"他停顿了一下，继续说道，"因为夜色很好，我本来想过把车停在山下的铁匠铺，沿着坡道回到庄园。如果当时我那么做了，也许能给你更多有用的信息。"

"谁知道呢？"麦克唐纳若有所思的样子，"我已经打扰你研究花粉热太久了。所以还有什么想补充的吗？或者还有什么想法吗？"

"都是些对你来说没什么用的信息。"费伦斯说，"我觉得很有可能就是托灵顿把南茜·比尔顿推入水中的。然而她也死了。如果她开始酗酒，那就能解释她的异常。没有想到她竟然是这样的人，我倾向于认为她是自己掉入水中淹死的。"

2

麦克唐纳离开道尔大宅的时候发现里夫斯正在山顶的小广场上找他。

"购物顺利吗？"他问道。

"很顺利，"里夫斯回答道，"我给太太送了些德文郡的奶油。我是在庄园奶油厂买的，质量很不错。你知道多少钱吗？1磅只要10先令，还包含了锡纸钱和邮费。我很喜欢。那店里有一群女孩子在推销样品。我说我明天还会去。你也可以买一些寄给老头子。你进展得怎么样？"

"还行，那些没说出口的话反而比说出口的回答透露的信息更多——还是老样子。我现在要去见管家桑德森了，你要一起来吗？"

"如果你需要我的话。我倒是想去庄园里转转，记住那些小路的位置，看看从各个角度能看到什么，又不能看到什么。不如我们待会儿在格雷玛亚会合？"

"好的，一小时后见。孩子们都已经被送走了，但护士和厨娘还在。"

"好，待会儿见。我觉得她们没有说出口的话会比她们说出口的话有趣得多。只需要施加一点杠杆之力。"

"首先，你需要找到支点。'给我一个支点和立足点，我就能撬动世界。'"

"这是谁说的?"里夫斯问道。

"就是说出'我找到了'的那个人^①。"麦克唐纳说道。

里夫斯知道了。"那你找到了吗?"他问道。

"没有，但是我心里有一个主意。"麦克唐纳说。

---

① 两句话均出自阿基米德。相传阿基米德发现浮力定律后，光着身子在大街上边跑边喊:"我找到了!"

第九章

1

约翰·桑德森住在山顶庄园大门边的一幢漂亮的石头小屋里。这是一幢乔治时期风格的小屋，门廊两边立着精心雕刻的爱奥尼亚式石柱。屋子前面也立着几根同样的石柱。

桑德森打开了门。麦克唐纳注意到他的身材高大魁梧，额头很低，方正的脸庞似乎总在担忧些什么。他看上去就像是一个土生土长的农村人，没有一点城里人的影子。但是他似乎没有一点口音。

"你好，请进。你是麦克唐纳总督察吧？我正在喝茶，要一起吗？"

"谢谢你，来一杯茶吧。"麦克唐纳说。他走进了小小的会客室，桑德森为他准备茶托和茶杯。与房屋外观搭配的老式家具，精心挑选的窗帘，几幅蚀刻画，几个锡酒杯和几个盘子。"你的家真让人嫉妒，桑德森先生。"

"不是只有你一个人这么说。这的确是个不错的屋子，我喜欢这个时期的家具风格。正巧这屋子自从建成以来就一直是管家居住的地方。要糖吗？"

"不用了，谢谢。作为警察要会判断他人的兴趣。你应该对你这份工作很满意吧？"

"是的，我喜欢这里的房屋，也喜欢这片土地。这就是我理想的工作。作为警察，接下来的话你应该会感兴趣。死去的格雷玛亚儿童院长很想把我赶走。也许你应该至少先知道这个。"

"她为什么想要除掉你？"

桑德森笑了笑："我们互相讨厌。我知道她是个伪善的家伙，不适合照顾那些孩子，也不适合管理那些年轻的女佣。"

"你这么说有什么证据吗？"

"有。我负责格雷玛亚的修葺工作。那个房子有不少年头了，经常需要修理，所以我会经常去那里。她不会打孩子，但是她会把他们关起来，直到他们筋疲力尽；有时候关在一个小房间里，有时候关在黑暗的壁橱。我觉得不该这样对待年幼的孩子。我便报告给委员会，但是她否认了。你懂的。他们让我别多管闲事。莫妮卡修女从此就对我没有好脸色。"

"我听说了不少托灵顿小姐的手段。"麦克唐纳说，"你也许也听说了，皮尔警长觉得磨坊溪流里的两起溺亡案件可能是有关联的。我现在还没有定论，但是我希望能尽可能收集关于南茜·比尔顿的信息。你和这个女孩说过话吗？"

"当然了，"桑德森轻快地说，"我当时在监工修理格雷玛亚的屋顶。在南茜·比尔顿死前一个月里经常会去那个地方。她和其他女佣都不该和我说话；她不准她们和我说话。但是南茜·比尔顿这样的姑娘不会理会这种规矩。她会想办法来找我们。她是个调皮的女孩，但是我觉得她会找任何男人说话的冲动并不是天生的，而是被格雷玛亚的气氛所迫使的。她找我是为了让我帮她离开那个地方。"

"我很奇怪她竟然没有逃走。"麦克唐纳说。

"她尝试过不止一次了，但是那可不是一个能轻易逃走的地方。她没有钱；院长代她把工资都存起来了。从这里到米勒姆普赖厄斯要走十六公里的路，南茜·比尔顿不经常长途跋涉，体力也不好。她有一次晚上尝试过。她走了十公里，最后因为脚上的水疱而痛得忍不住坐在路边哭了起来，可怜的孩子。当时他们已经发现她不见了，院长就让布朗医生开车去追他。最后，他把她带了回来。回来以后，他们晚上就把她关在房间里，让另一个女孩和她住在一起。我没想到她还是从那扇窗户爬了出来，那可不简单。"

"你对于这件事有什么看法？你觉得她是自杀的吗？"

桑德森沉默了很久。他慢慢地说道："我不知道。我真的不知道。我接受了当时的裁定。我知道那个女孩很痛苦，她的孩子出生后，她会被送到另一个儿童院。我当时想她肯定是对格雷玛亚感到害怕，不想再待下去了。她也许就是在抑郁中了结了自己的生命。但是后来想想——天知道我到底想了多少次，当初是我发现她的尸体——我便开始怀疑，她到底是否真的是自杀。她不是那种可怜兮兮的忏悔者。她依然背负着各种原罪：她喜欢调皮捣蛋——至少我是这么认为的。我觉得她不会为了自杀而花这么大力气爬出那扇窗户。她爬出窗户只可能是因为她已经为自己的未来做好了打算。"

"这听上去很有道理，"麦克唐纳说，"但问题是，什么打算？她和村庄里的其他青年有联系吗？"

"我觉得没有。当时村子里已经有很多关于南茜·比尔顿的传言。那些小伙子们都不敢跟她接触。我猜测她再次想逃跑，却被院长抓住了。推搡中，她掉入了水里。我的猜测可能不对，但我觉得这至少比自杀合理。在警方问询的时候，没有人提及莫妮卡修女会在晚上的庄园里游荡。"

麦克唐纳点了点头："你说得很对。你是在清晨发现了这个女孩的尸体，对吗？"

"是的，七点钟的时候。我当时正要去锯木厂看看多恩有没有切好装车的木头。那可是个体力活。"他皱着眉头，眼睛盯着脚下的地面，沉默了好一会儿。然后他突然抬起头看着麦克唐纳："你肯定在想是不是我把院长推进了溪流里。皮尔警长认为是我干的，还觉得南茜·比尔顿也是我杀的。我只能告诉你，我没有。我没有不在场证明。我一个人住在这里。那两个晚上，我都一个人躺在床上，但我无法证明。"

"我也没有办法，"麦克唐纳说，他的声音依然很平静，"我的工作就是收集证据，不论是否有利。我觉得，托灵顿小姐的看法和皮尔警长的看法不一样——如果他的确是那么想的话——她不觉得是你杀了南茜·比尔顿。"

"为什么？"桑德森问道。

"要是她知道，或者认为是你或其他人把这个女孩推进了溪流里，她肯定会避免让自己也遭遇同样的不幸。也就是说，入夜后，她绝对不会接近那个地方，或者在没有人的时候会格外小心。她在深夜还会去那个地方，在我看来只能说明她觉得自己那么做很安全。"

"谢谢你的安慰了，"桑德森干巴巴地说，"还有一件事。我很了解这个村子里的人。他们很古怪：他们总是遮遮掩掩，不信任陌生人，但是我觉得他们之中没有杀人凶手。在我认识的人中，唯一可能杀人的只有儿童院长。因为她破坏了平衡。她是一个残忍的人，也有杀人的力气。

不是只有暴力才算残忍的。"

"没错，但杀人不是恢复平衡的办法。我认为托灵顿小姐是被谋杀的。你说你了解这个村子里的人，我问你，你知不知道会是谁杀了她？"

"不，我什么都不知道。"他回答得很快。麦克唐纳觉得桑德森早就为这个问题准备好了答案，管家继续说道，"我觉得杀了她不会有任何好处。她已经式微了。只需要一点流言和不满就可以把她赶走了。她年纪已经大了，显然已经不适合那份工作。连瑞丁太太都说可怜的莫妮卡修女累坏了。老布朗现在已经颤颤巍巍的了，他应该过不了几个月也没法在格雷玛亚工作了。等费伦斯医生接手，他肯定会赶走她的。"

"现在他倒是省事了。"麦克唐纳面无表情地说，"我需要了解格雷玛亚的工作时间表，不过如果你能提供一些可以佐证的信息，那就太好了。你知不知道格雷玛亚的女佣们平时会不会有普通的休息日？她们能不能自行出门？"

"她们不能离开村子。我知道她们会去购物，偶尔会去米勒姆普赖厄斯的电影院。不过总有一个老女佣会跟着她们——巴罗护士或那个厨娘。公交调度员还经常以此开玩笑，我听到过她们会私下里议论。女孩子们可以在村内自由走动。瑞丁夫人也会允许她们去庄园的菜园，或者和她的仆人一起喝下午茶。她们的休息日安排得很'巧'，正好和村里通电车的日子错开。一周里有三天。"

"你来到这里之后，除了南茜·比尔顿，还听说过别的女佣惹过麻烦吗？她们有没有逃跑，或者怀上孩子？"

"没有。这是显而易见的事。院长的管教很有效果。人们总说她对那些女孩的管教很'完美'——你可能已经听到过这个词了。我愿意相信她肯定恐吓了她们。她的样子就很可怕，而且还很擅长将自己的意志强加到别人身上。她是一个厉害的女人。我相信她能把人催眠。她还有一套高明的奖励系统。表现好的女孩子能受到优待，表现不好的女孩子就会遭到各种惩罚：没有自由，不许出门，没有甜点，没有零花钱。"

"你怎么知道这些细节的？"

"整个村子的人都知道。村里杂货店里的杨太太和巴隆太太知道那些女孩有多少钱，也知道她们有多少自由时间。大家都认为院长把她们管教得很好，的确。我不喜欢她的办法——太像很久以前的救济所护士长或监狱的狱卒了。"

麦克唐纳坐下来沉思道，"这个案子的可能性太多了。有可能是以前憎恨托灵顿小姐的一个女孩回来复仇。但是从反面来说，她们怎么会知道她会在那个时间段出现在那里呢？"

桑德森想了想后说道："我可以给你一个建议。我说过那些女孩们很难逃走。她们都穿着一样的制服，在哪里都很显眼；不过聪明的姑娘可以偷偷寄出一封信。会不会是有人知道院长都会在晚上出门，所以写信告诉了别人？"

"这是一个不错的猜测，"麦克唐纳说，"我会找女警察去调查一下格雷玛亚的三个女孩的情况。谢谢你的帮助，我以后再遇到问题可能还会来找你。"

"没问题，"桑德森爽快地说，"我晚上一般都待在家里，随时欢迎你。我承认，皮尔警长让我很紧张。他似乎把我看成助他晋升的工具，但你一直很公正，也很理智。希望还能和你多聊聊。"

"谢谢你。不过不要对皮尔太苛刻。他投入了很多心血，提交的报告也写得很可信，没有带任何偏见。"

2

麦克唐纳往格雷玛亚走去时，里夫斯早就准备好了：他可没有傻等；里夫斯不会呆呆地站在房子外面等候上级警官，除非有特殊命令。他已经大致转了一圈，并向麦克唐纳描述了格雷玛亚的出入口位置。

"前门打开就是车道，车道和庄园有一门之隔。"里夫斯说，"那扇门应该是供马车出入的，因为门内就是马道。还有一扇通往庄园菜园的门，以及一扇通往厨房菜园的小门。屋后有一片院子，围墙上有一扇上锁的门。院子里有一扇通往厨房的门，应该是卖菜用的，还有一扇边门。"

"这里好像有足够的出入口，"麦克唐纳说，"从车道或院子都可以通往广场；从菜园可以通往庄园，还有两扇门可以通往庄园菜园。"

"没错。从屋子哪里都看不到庄园和菜园这一侧的门。因为树木和灌木树篱太多了，挡得严严实实的。但是不管从哪个角度都可以看到庄园那条陡峭的小道。这个布局非常有趣。"

两人顺着车道走到门前，叩响了前门。汉娜·巴罗打开了门。她身着浆洗过的帽子和围裙，黑色的鞋袜，蓝色的棉衣像纸片般硬邦邦贴在身上，衣领和袖口都熨帖得非常工整。脸上爬满皱纹，灰白的头发都梳到脑后。麦克唐纳知道她才62岁，他认识很多这个年纪的女人，有的看上去甚至只有45岁。他心想：为什么眼前的这个女人看上去却像是一只又老又瘦的猴子？他报上了自己的名字、警衔和来此的目的。巴罗护士似乎一点也不感到惊讶。

"请进吧，"她边说边邀请他们来到了会客厅。虽然她站得笔直，但麦克唐纳还是注意到她的步履有些蹒跚。他猜测可能是那双结实的黑色鞋子让她的脚很痛。他请她坐下，不过她坚持要站着（里夫斯注意到了她浆洗的裙子，便明白巴罗护士自从穿上这套整洁的衣服后就没坐下过：那条裙子上竟然没有一丝褶皱）。麦克唐纳先问起了死去的院长的身体状况。

巴罗护士说："修女的身体一直很好。我认识她这么多年，她从来没有因病卧床休息过。她感染风寒的时候会待在房间里，不过那也只是为了避免传染。修女不喜欢娇生惯养。她经常说，只要你意志坚强，就能保持健康。修女的意志非常坚强。"

"但是她的头晕呢？"麦克唐纳问道，"身体健康的人不会无缘无故摔倒。"

"是她的眼睛不好，可怜的人儿啊，"汉娜说，"修女一直没有去看医生。她有一副阅读时用的眼镜，不过也只是从市场上买的，就像我用国民医疗服务之前一样。肯定是因为这个，你们可得记下来。'你没法和以前一样看清楚台阶了，修女。'我会和她说，'我们都不像以前一样年轻了。'"

"谁负责打扫她的卧室？"麦克唐纳问道。

"是我。自从我来了这里以后就一直是我在打扫。她的房间总是最容易打扫的，修女很爱干净，永远不会随意乱放东西。"

"她有没有服用什么药物？她的房间里有药瓶吗？"

"没有。屋子里的所有药物都在药橱里。如果修女要定时吃药，叮嘱她吃药也不是我的工作。"

麦克唐纳又问了问儿童院早晨的作息。巴罗护士总是第一个起床。她每天早上6:15会准时摇响铃铛。女佣们有15分钟的更衣时间。6:30，一个女佣下楼帮忙做饭和布置早餐，一个女佣帮助巴罗护士给孩子们梳洗换衣服。有时候莫妮卡修女也会来查看并帮助她们。无论春夏秋冬，早餐都是在7:30准备完毕。修女会准时坐在餐桌前准备祷告。

"你会给院长的房间送一杯茶吗？"麦克唐纳问道。汉娜·巴罗对她的问题表示很不满。

"你不了解修女，"她的语气中流露出一丝不屑，言谈逐渐变得自如，"她从来不会搞特殊化。在床上喝茶？怎么可能。修女会在我身体不好的时候在我的床前为我送茶，但是她自己从来不会这样。她还经常会在早餐前去户外走走，还能进行静思。"

汉娜·巴罗向麦克唐纳介绍了儿童院的作息，以及两位女佣的休息时间。她介绍说，她们每天中午或晚上会有一小时休息时间，每周也会有一下午的休息时间；汉娜或厨娘会带她们去采购，周日会带她们去教堂。汉娜·巴罗很自豪地说，她从来不会要求休息："修女也不会。修女说过，工作就是她的生命，她根本不想有什么节假日。"晚上，厨娘、汉娜和年轻的几位女佣都在9点便上床休息。修女负责锁门。大家入睡后，汉娜便不知道修女会做什么了，但是她知道修女经常会在晚上出去散步。"在她对完账目，做完记录后。"汉娜补充道，"她都是在晚餐后做这些工作的。"

和他们熟悉后，她的话也越来越多。麦克唐纳在脑海中想象着她的生活。22年来，她一直在这个简陋的屋子里工作。每天6点起床，工作到深夜；她崇拜着莫妮卡修女，对自己的生活很满意。难道真的只有这么简单吗？

"你是1929年来到这里的，巴罗小姐。当时你40岁。你来这里之前有没有做过类似的工作？"

那对薄薄的嘴唇突然抿成了一条直线，灰色的双眼谨慎地眯了起来："我在别人家里做过女佣。先是在埃克塞特，后来去了巴恩斯福德。我是一名儿童护士。修女经过调查，了解我的经历和性格，随后让我在这儿试用考察。她经常会笑话我：'你在接受考验①，汉娜。'就算我已经为她工作了很多年，她还是会这么说。"

"审判。"麦克唐纳慢慢说道。他看着眼前苍老的女人，说道，"很抱歉耽误了你这么久。我接下来想在这

① 有"审判"之意。

个儿童院里转转。里夫斯督察应该已经记下了你说的大致内容。你来过目一遍，如果基本属实，能否签下你的名字？"

里夫斯把他的笔记放在桌子上。他的笔迹工整，内容简明扼要。巴罗护士站在原处，拿起笔记仔细看着。麦克唐纳平静地问："需要为你念一遍吗？"

"那就麻烦你了。我的眼睛不好。"

麦克唐纳大声念完记录后，淡淡地问道："你不识字，对吗？"

她的脸突然涨得通红："我没念过什么书，但是修女知道我干活很卖力。她从来不挑我的毛病。"

"你为她工作了20多年，这已经够说明一切了。"麦克唐纳说道。护士接过里夫斯的笔，一笔一画地郑重签下名字。然后她转身面向大门。

"请往这边走。"她显然经常带人参观这个地方。

3

"我敢打赌，这个巴罗护士肯定是'内部人士'。"两人离开儿童院，穿过分隔格雷玛亚车道和庄园的紫杉树篱间的小门时，里夫斯说道。

麦克唐纳点了点头："我同意。我们得拿到记录。不知道怎么就说到这件事上，她自己主动提这句话：'你在接受考验，汉娜。'这句话被当作玩笑，她也不假思索地转述给我们。却突然间意识到她的用词有些奇怪。"

"我知道，我看到你重复这句话时，她的瞳孔突然变小，下巴也收紧了。"里夫斯说。

"这么做很符合她的性格。"麦克唐纳慢慢地说，"莫妮卡·艾米丽·托灵顿喜欢找听她话的人。她很可能是通过犯人援助协会找到汉娜，将她留在身边，死死控制住她。不难想象，汉娜·巴罗刚来这里的时候，只要表现出一丝叛逆的情绪，院长就会说：'你要接受考验，汉娜。'很多年后，这句双关成了一个玩笑。我好奇她当时犯了什么罪。"

"肯定是让她这辈子都担惊受怕的罪，"里夫斯说，"那是20多年前的事了。你重复'审判'二字的时候，她的脚几乎都在发抖，可怜的老家伙。普通的小偷小摸可不会让她过了20年都能感到如此恐惧。"

"我觉得你的猜测没错，里夫斯。我偶尔会质疑你的判断，但是在这种问题上，你比我见过的任何法官都要敏锐。"

"他们都是些老家伙，"里夫斯若有所思地说，"我会找机会和他们聊聊。有时候我会有辞职的冲动。那些戴高帽的家伙嘴上总是说着要改造犯人。现在的执法制度的确改变了犯人，却没有改造他们。只会让他们内在的恶魔披上伪装，藏得更深，只能用恐惧来压制。"

麦克唐纳突然停下脚步，看着他问道："你是这么看的吗？"

"是的，头儿，你也会这么想的。那个老女人20年来几乎没有休息过。真希望那些致力于社会公益的女士们能给汉娜·巴罗的平底足装上计步器，看看她每天在这个她引以为豪的教养所中走上多少公里。20年了——直到我们俩快要走时，一想起来她还是很痛苦。我知道我们这份工作总得需要有人来做，总的来说，也算个好工作。但是当我看到那个老女人脸上掺杂着狡黠和恐惧的表情时，我感觉哪儿出了问题。"

"狡黠和恐惧。"麦克唐纳重复了一遍，"她的表情里含有多少恐惧？她恐惧的是什么？过去还是现在？"

里夫斯在一片野玫瑰前停下了脚步。他盯着那片花丛，似乎出了神。接着，他拔出刀，割下一株花，别在了扣眼里。"他们说的话我几乎一个字都不信。"他说，"他们身上有秘密。抱歉，我说的是那个老女人。我知道事情总有两面，甚至可能会有意想不到的转折。我已经了解了不少关于这个莫妮卡·艾米丽的事。她的这20年。20年来，人们对她又惧又敬。20年来的'她很完美'却能因为一点愚蠢的小事而完全瓦解。这也许的确是人的本性。不过你瞧瞧她的个头，只有1米5。她得拿着敲煤锤踮起脚才能砸到莫妮卡·艾米丽的头。况且那个老女人气喘吁吁的，每喘一口气，她的束腰都会发出声音，让她痛苦不堪。她的脚上可能还长了鸡眼，说不定还有拇囊炎。她的视力也可能和蝙蝠一样弱。"

"你说得没错，"麦克唐纳说，"尤其是她的束腰。但是她也很可能会拿下束腰。"

"那不像是她会做的事，"里夫斯坚决地说道，"像她这样的老女人解开束腰后就会觉得浑身不自在。她们听不到那种束腰挤压发出来的声音，因为她们自己已经习惯了。我妻子的祖母也总是穿着吱呀作响的束腰，但是她却总说没有这回事。这是我的妻子告诉我的。"里夫斯突然笑了，瘦削的脸庞上露出孩子气的笑容，"你可要记住我说的话，头儿。虽然这并不是像杠杆原理和同位素一样深奥的道理，但我对于束腰的了解还是比你要强得多。我们脚下的这条小路崎岖陡峭，她脚上的鸡眼也是我排除她的原因之一。那个老女人应该从来没有走过这条路。她的那双脚踩在这里肯定疼痛难忍。我们这是要去哪里？"

"去见格雷玛亚的医生。"麦克唐纳说道。

"老布朗，"里夫斯说，"村子里对他的评价很高。我就负责保持沉默。另外，你刚刚能一眼看出汉娜·巴罗不识字，真是太敏锐了。很多问题都逐渐清晰了。"

"没错。莫妮卡·艾米丽·托灵顿的形象——逐渐清晰了。"

"有些村里的'大人物'知道后可能会很震惊。"里夫斯说道,"不过,他们真的会震惊吗？我现在最期待见的人就是这位被村民们尊称为夫人的人。如果她不知道这一切,那又怎么解释?"

"不知道往往更加方便。"麦克唐纳回答道。

第十章

1

"莫妮卡修女是一个很固执的女人。"布朗医生看起来很疲惫，他的声音中除了医生特有的肯定，还有一些恍惚。

麦克唐纳、里夫斯正和布朗医生一起坐在他的问诊室里。里夫斯一边"保持沉默"，一边打量着整个屋子。即使时值盛夏，这个屋子依然昏暗潮湿，似乎蒙上了一层绿色的苔藓。"就像一个错综复杂的水族箱关上灯后的样子，"里夫斯想，"说不定我们过了一会儿就会像深海鱼一样在这里游泳。"

绿色的墙壁，绿色的装饰画，绿色的窗帘，绿色的地毯，都已经有些褪色；壁炉里长着一株叶兰，屋外压在窗户上的杜鹃和月桂、紫杉似乎想要钻进屋子里；屋内的玻璃罐、烧杯和试管里都装着绿色的苔藓和藻类。布朗医生退休后便成了一名博物学家，他正在写一篇关于淡水藻类的论文（"螺旋藻还是水母？得回去参考字典。"里夫斯记录道）。"我可不希望让他做我的医生：这个房间肯定是各种虫子的温床。说不定我过一会儿就觉得喉咙疼了。"伦敦来的里夫斯显然不喜欢这个地方。与此同时布朗医生说道：

"她的年纪当然已经太大了，没办法继续担任院长。我承认，我心里也清楚。但是我的岁数也大了，没办法苛责那些比我年轻十几岁的人了。30年来，她勤俭节约，把儿童院打理得井井有条。年轻的人们抱怨她顽固守旧、过于严苛时，我总是会提醒他们：这个儿童院中人员的健康状况是我所知的儿童院中最好的。她总是一刻不停地工作，没有假日，没有休闲。她老了，变糊涂了吗？也许吧，但是我们这一代更看重努力地工作。她夜以继日，像是一匹不知停歇的老马。她不想放手，我也不想做那个让她离开的人。这是我的错，我承认——但我并不以此为耻。"

"我尊重你的看法，先生，"麦克唐纳淡淡地说，"但是我是来调查事实的。你能给我提供的最重要的事实就是托灵顿小姐的身体健康状况。你曾经是她的医疗顾问。"

老人笑了笑："没错，我的确曾经是她的医疗顾问。我认识她这么多年，她从来没有对我抱怨过身体有恙，她从来没有看过医生，从来没有卧床休息过。我刚刚说她工作起来像一匹老马，她的身体也像一匹马一样健壮。除非你让她伸出舌头，好好看看喉咙，或者摸摸脉搏，量她的体温——这些她自己都可以做到——我从来没有检查过她的身体。我甚至没见过她解开制服的扣子。她不需要。她患过感冒，也会喉咙痛，但是她从来没有得过大病。这种情况一直持续到半年前。她也不是得了什么大病，只是长年累月的劳累，精神上的紧张，以及对自己的担心。我知道她支持不了太久了，但是我自己当时也做了一些决定，还告诉了她。于是事情就变成了这样。这件事便一直在她的脑海里挥之不去，最终摧毁了她。"

"你能具体讲一讲吗，先生？"听麦克唐纳这么问道，老布朗重重地清了清嗓子。

"我是在春天退休的。不过应莫妮卡修女的邀请，我继续留在了格雷玛亚。她年纪大了，不想应付任何人员的变动。25年来，我除了节假日以外，都会在周一上午11点去一趟儿童院。每次都是一样。汉娜会将我带到那个小小的会客厅，莫妮卡修女会早早在那里等待。汉娜就会带着那些孩子依次排队让我看诊，她们会教每个孩子说'早上好，医生'以及'谢谢你'。如果有些孩子生病卧床，她们会像医院的标准做法一样带我去宿舍。孩子们会得麻疹、腮腺炎或水痘，我总是会开给他们药。莫妮卡修女对这些小病比我还要了解。问诊结束后，汉娜会送我从前门出去——每个周一都是一样。莫妮卡修女和汉娜心里早已经熟知该如何照顾患病的孩子，她们不希望新来的年轻人给儿童院带来新的方式，把一切都搅得天翻地覆。"他重重地叹了一口气，然后继续说道，"我以为我退休后能在这里安稳地研究我喜欢的苔藓和化石，但事实并没有这么简单。那个年轻人，费伦斯，的确是个很有能力的小伙子：他熟知最时新的医疗技术，对于腺体、荷尔蒙、维生素、抗毒素、抗体方面的知识都非常了解。人也很和善。但是他的存在就等同于否定我所做的一切。我不是在批评他，也不是在抱怨。不过当老安娜·弗里曼托的丈夫去世后——我的妻子也姓弗里曼托——安娜说她有一幢舒适的大房子，但是却没有钱维持。她便问过我要不要搬过去分摊费用，住得也舒服，我觉得这是个不错的主意。"

他又清了清嗓子，继续说道："我有点唠叨了，但是我只能告诉你我的看法，我已经太老了，学不了新的东西了。"

"我的确只是想知道你的看法，先生，"麦克唐纳说，"你已经让我能够想象出不少原本只能猜测的事了。"

"你是一个优秀的聆听者，总督察。你很有礼貌，也非常睿智。"老布朗喃喃道，"我说到哪里了？"

"安娜·弗里曼托。"麦克唐纳提醒道。老人便继续说道：

"没错，安娜。她去年75岁了，但还是精力充沛。她住在威尔特郡，那是个好地方，她家附近便是河流，有不少钓鱼的好地方，还有一个不错的管家和园丁。值得我考虑。于是我就告诉她，我会在米迦勒节前后收拾好行李，变卖掉大部分家具，只带上一些必需品，准备去她那里安享晚年。事情就是这样。我把我的决定告诉了莫妮卡修女，我说：'为什么不退休呢？瑞丁夫人肯定会给你安排一幢舒适的小屋，还会给你不少退休金。汉娜·巴罗肯定也只会一心想留在你身边照顾你。'而她却只是淡淡地说：'我不想退休，当我到了该退休之日，全能的主会告诉我的。'这句话几乎让人无法辩驳。当一个女人深信只有上帝能指引她时，再和她多说也是没有用的。"

"没错，"麦克唐纳表示同意，"你刚刚说托灵顿小姐非常疲劳，神经衰弱。你有没有给她开过什么药？"

"我开过。米勒姆普赖厄斯的药剂师威尔逊会把药寄过来。我给她开了一种镇静剂——很常用的一种药。连婴儿都可以服用。还有一些含铋的药：里面的薄荷倒是更多。她的肠胃消化不好。汉娜后来告诉我，她是一个很虔诚的人。莫妮卡修女把这些药都倒进了下水道里。"

"她应该没有那么做。检验员发现她的器官中有铋的成分，还发现她的体内含有酒精。"

布朗医生盯着麦克唐纳，脸上的皱纹因为震惊而更深了。"上帝啊，"他缓缓地说道，"我从来没想到会是这样。"他停顿了好一会儿，继续说道，"我已经老了，已经见惯了人性的各种反常，督察。我见过很多普通人会做出很多奇怪的事。酗酒？我也不是头一回听说这样一位受人尊敬的女性会染上酒瘾……这也许就能解释很多事了。"

"她的酒是从哪里来的？"

"那得看她喝了多少。你查看过格雷玛亚的药柜吗？当然了，你肯定查看过。里面有一瓶白兰地吗？"

"没有，先生。"

"多年来，那个药柜里一直放着一瓶白兰地，上好的白兰地。我亲自送过去的。战争期间，儿童院会收容一些战区疏散的人员。当时有一个老妇人病得很重，她的心脏有问题。我就给她开了些白兰地，让她偶尔喝几滴，保持心脏的跳动。这名病人转移到医院后，莫妮卡修女就让我把这瓶白兰地带走。我拒绝了。这瓶酒应该留在儿童院，以防万一。她还负责管理我们的红十字会和救护站，总得做好准备。于是她就把那瓶白兰地锁在一个标有'有毒'的柜橱里——尽管她其实不会在柜橱里放任何可能毒害孩子的东西。"

"现在已经不在了。"麦克唐纳说。

2

"她为什么就不能放手呢？"老布朗难过地嘟囔道。他不再说话，用颤抖的双手为自己调了一杯威士忌苏打水。他看上去就是一个难过的小老头。麦克唐纳表示他俩可以先离开，稍后再来问话，但是布朗医生说："还是赶紧说完吧。这一切带来的打击太大了。我认识修女很久了。与她共事，信任她，欣赏她的优秀品格，总是会将我的烦恼向她倾诉。村里的人会说，她没有退休都是因为我的错。其实不是的。我这两年来也建议过她好几次该退休了，但是我不会逼她像穿旧的衣服一样，就这么打包离开。她在那个地方工作了这么多年，她有权利自己选择退休的时间。这是我的看法。"

"她有没有和你说过她的事，先生？比如她的家人，她的朋友，她的存款和投资之类的东西？"

"存款？她不可能存什么钱的，可怜的人儿啊。我和埃塞德丽达·瑞丁说过，她已经得到了她想要的东西。修女从来没有和我提过钱的问题。她有自己的原则，这是牢不可破的。事实上，她从来没有和我聊过任何关于她自己的事。她从来不会聊到私事。她不仅有自己的原则，还有自己的姿态。她仿佛超脱于我们这个世界，她就是这么认为的。私下里来说，她有些单纯，也有些自命不凡。我不是在贬低她，但我想她肯定出身寒门。我也只是猜测，她从来没有告诉过我，但是她和瑞丁夫人应该私下里有不少交流。修女就是这样一个半神秘、半完美的人。她不会伤害任何人。她连闲暇的时间都没有。"

"但是她有另一面吗，先生？"麦克唐纳问道，"不是神秘，不是禁欲，也不是完美的一面。她是不是也会传播一些恶毒的话？"

"也许吧。不过我见过的女人都会这么做，"老人犀利地指出，"没有人会找我嚼舌根。我受不了这种事，如果有人想要找我打听莫妮卡修女的'轶事'，我只会有一种回答。我会让他们管好自己的嘴巴。她也许会去和村民们聊天，但是她绝对没有恶意。不管她说什么，那只是因为她自己觉得那是真的。"他停顿了一下，脸上流露出一些不快，"当然了，我明白你想说什么。她招惹了不少人。她总是想要改变他人。如果你想要改变一个村民，那你肯定是不受欢迎的家伙。村民们本质上都一样，都是普通人：会爱，也会撒谎；前一分钟还是无私的好心人，下一刻就变成了锱铢必争的自私鬼；前一天还是忠诚的枕边人，第二天就可能已经移情别恋。人性就是这么复杂。我在这个村子里住了30多年，我不会对任何人抱有太大的希望。我已经活得很明白了。"

"你难道不觉得，如果改造者过于热心，便会成为公敌吗？"

"当然了。人人都会树敌，我也有不少死对头。我是一个脾气暴躁的老家伙，我也很清楚。但是就算在这种村子里树敌，也不会闹到杀人的地步。那个警长太愚蠢了，居然觉得这是谋杀，简直是一派胡言。只要是有理有据的猜测和疑问，我都会解答。虽然这看上去不大可能，但我得承认，很可能就是莫妮卡修女拿走了那瓶白兰地。如果真的是她，这样就能解释她近来的反常以及她为什么会摔倒后碰到头，并滚入了水中。"

这个老人显然有些愤怒了，他也只是一个普通的老人。麦克唐纳换了一个角度："那我们说回格雷玛亚，先生。你能和我说说关于汉娜·巴罗的事吗？"

"汉娜？她在那里待了20多年了。我可以告诉你，她是一名勤劳的员工，是一名尽责的儿童护士，同时也是一名无知又迷信的女人，但是这不会影响到她的工作。她会从早干到晚，不像现在的年轻人，尽想着享受。"

"你知道她是从哪里来的吗？"

"从哪里来？她是德文郡人。应该是其他院向莫妮卡修女推荐她的。她很听话，后来转正后，大家就叫她'护士'。当然了，她没有受过正式的培训，没有受过教育，只是懂得该怎么管教孩子。她是儿童院的主力。"

"你不记得她是从什么院过来的吗?"

"我没有问过。这不关我的事。问反而可能会惹麻烦——莫妮卡修女总是喜欢改造他人。改造汉娜的过程现在想起来,我都想笑。她刚来的时候就是一个丑丫头,连吓唬鹅都不会。"他瞟了瞟麦克唐纳,"你不会觉得是汉娜拿了一把煤锤敲晕了莫妮卡修女吧?那你倒还不如说是我干的——这还更说得通。汉娜崇拜莫妮卡修女。她宁愿割掉自己的手,也不会给莫妮卡修女添任何麻烦。"他在椅子里不安地扭动了一下,"你应该知道如今的儿童院都是什么样子的。都是一些训练有素的护士、心理医生、福利事业工作者、社会改造者和育儿师。格雷玛亚的管理者是两名几乎没有受过教育的女性,她们是通过常识、经验和努力的工作来维持儿童院。两个出身卑微的女性,其中一人还几乎不识字。但是她们做得很好。过了25年,警探们来到这里,暗示是其中一名女性杀死了另一名女性。我不想攻击你,督察。我觉得你是一个很明事理的人,但是我不喜欢夸张的情节,我们只是一群住在村子里的普通人。"

"你真的觉得莫妮卡·托灵顿小姐是一名普通人吗,先生?"

"在她那件长袍和人们的流言之下，没错。她的确扮演了一个角色，但是她努力工作，几乎从不休息，人们偶尔觉得她装腔作势也是很正常的事。"

老人打了个哈欠，麦克唐纳便站起了身："你累了，先生。"

"我当然累了，督察。我不习惯说这么久的话。而且你的话还让我很意外。我以为我很了解我们的莫妮卡修女，我很了解那一身长袍下的那个人。但你现在告诉我她酗酒。我早该看出来的，但是我却没有。我只是一个老傻瓜，你告诉我的这一切都没有错。"

"我没有说她酗酒，先生。我只是说检验员在她的器官里发现了微量的酒精。我们不知道她是如何摄入的，也没有迹象表明她有酒瘾。你是该感到意外。但是作为一名警探，我认为对于一个不常喝酒的人来说，一点点酒精都可能与她的死有关联。"

"那瓶白兰地呢，总督察？你说现在已经找不到了。原本那瓶酒一直被锁在柜子里。莫妮卡修女可能有缺点，但她绝对不是一个疏忽大意和健忘的人。顺便问一句，你找到她的钥匙了吗？"

"找到了，先生。她的尸体被打捞上来时，钥匙就在制服斗篷的口袋里。"

"那已经再明白不过了吧？"老布朗嘟囔道。

3

麦克唐纳回到车里时已经是晚上9点以后了，他对里夫斯说："有一句歌词说警察的生活都过得很压抑。但我总是觉得这份工作中有令人开心的地方，今晚，我们就要证明这一点。快上车，彼得。"

"我们要去哪里？"

"我们要抽出几个小时的空余时间，开到埃克斯穆尔的最高处，看看德文郡两侧的海岸：从北边的比迪福德湾到南边的埃克赛特河口。虽然过了夏至，但是气候也差不多，我们去埃克斯穆尔好好享受仲夏夜。"

"好主意。"里夫斯说道。

麦克唐纳向北边开去，他们先穿过两边高高的树篱，开过了一条小路。盛夏的热气携着花香扑面而来。高大的洋地黄枝头开满了花，几乎能抵到橡树低垂的枝丫。当两边的树篱渐渐消失后，车子正在以一个夸张的角度往山上爬去。不时有白色的猫头鹰从路边掠过，一只巨大的老鹰低低地飞在车子前头，似乎在抗议他们入侵它的领土。西北的天空依然很明亮，泛着淡金色的光芒。他们终于沿着这条陡峭的小路开到了山顶。夕阳的余晖似乎将空气都染上了颜色。麦克唐纳把车开到了路边，两人下车，走到了山崖边。草地上布满了鲜花，崖边有两个小小的土堆。

"长坟堡，"麦克唐纳说，"这可能有你我的祖先。埋葬在这里还真不错。"

里夫斯盯着山下，荒原里的几匹小马似乎也抬头看了看他，便抬起马蹄跑了，鬃毛和尾巴在风中飞舞着。往西边望去，兰迪岛像是地平线上的一朵云：比迪福德湾像是一条连接哈特兰和莫特的巨大弧线。林恩山谷的北部似乎淹没在了一片深绿色的石楠花中。里夫斯转过身，往远处看去。成片的农田和树林映入眼帘。德文郡的农田一直延伸到埃克赛特河边和埃克斯茅斯的山下。里夫斯怔怔地坐了下来，他身边的麦克唐纳正注视着哈特兰，回忆起那些也是如此陡峭的峡谷——韦尔科姆、马士兰河口、库姆河谷和穆尔文斯托。

"谢谢您带我来，"里夫斯凝视着夜空中隐约闪烁的第一颗星星，"这的确很难忘。"

两人没有说话，静静地坐在悬崖边，聆听着荒原里的鸟儿歌唱，看着红隼在空中盘旋。天光渐暗，北边的天空先是微微泛白，然后再从淡紫色变成了紫灰色。里夫斯躺在草地上，看着在夜幕中逐渐明亮的星辰。他不由自主地想到了他们的案子。他并不是不珍惜眼前的天空和远方的海景，只不过大脑总是无法忘记他们眼前最大的难题。他能敏锐地捕捉到附近的鸟鸣，也能辨认出遥远的星座，还能在夜晚凉爽的空气中闻到一丝清香；他甚至能瞥见岬角反射出来自隐秘灯塔的光；他在理智上也清楚人类的思想就是如此的矛盾，总是会让他不可避免地想起那磨坊的溪流。

两人在山崖上坐了很久，各自思绪万千。里夫斯的香烟上冒出的烟和从麦克唐纳烟斗里升腾出的烟雾缠绕在一起。四周的草丛里时不时会传来窸窣的声音，应该是一些夜行的小动物们匆匆跑过；最后一声昏昏欲睡的鸟鸣过后，二人身边就只有猫头鹰发出的咕咕声。麦克唐纳站起身，缓缓舒展着身体，而从里夫斯的角度看来，他就像映在夜幕上的一个高大的剪影，背后是树梢的影子和弥漫到天际的星光。里夫斯也站起身，舒展了身体。他发现自己的外套上沾满了草叶。

"当你在海上，你会发现地球是圆的。但当你在陆地上，你却往往看不出来。"

麦克唐纳一边琢磨着这句隐语，一边慢慢转了一圈。他们站在高山上，看到的似乎是和荒原不一样的地平线。"完整的圆形总是让人满足，"他说道，"似乎可以解决这个困扰我们许久的问题了。我们该回去了，时间和地点都刚刚好。你在离磨坊800米左右的地方下车，我会开车到坡上，沿着庄园走下去。我们分头调查，等回到旅店后再一起讨论。天上正好有月亮，你可以慢慢赏月——就像一块嫩芝士。"

　　他们回到了车上，打开车灯，沿着山路缓缓向下开去。车灯偶尔会照到一只白色的猫头鹰；甚至还有一只隼闯入车前灯的范围里，展开的双翼在大灯的照射下格外清晰。汽车驶入那条树荫小道上。麦克唐纳让里夫斯在一个刚好能看到农舍的地方远远地下了车，他继续开着车，驶到了旅馆、庄园和教堂之中的小高地上。月光下，朝南的石墙都白得像是牛奶一般；农舍的茅草屋顶闪着淡金色的光芒，洒下的却是紫黑色的阴影。

第十一章

1

麦克唐纳走过村里的草地，来到通往格雷玛亚的那扇从里面上闩的高大木门前。麦克唐纳确定四下无人，就用双手攀上木门，毫不费力地翻了进去。车道两边高大的冬青树挡住了明亮的月光。总督察独自走在洒满阴影的小道上。看到旧石屋前的花园时，他停下了脚步。（窗门的）直棂和都铎王朝风格的拱门在月光下清晰可见，在静谧的夜色中显得格外美丽与宁静。虽然夏季的夜晚依然有些闷热，儿童院的窗户却全都紧闭着，铅制的窗框在阴影中有种神秘的色彩。凹陷的草坪修剪得整整齐齐，在月光的照映下一览无余，不过从屋子里出来的人还是能够轻易地躲到修建好的树篱阴影中。麦克唐纳觉得今晚的环境应该和莫妮卡·艾米丽·托灵顿去磨坊散步，费伦斯医生沿着村里主道开车回道尔大宅的那晚一样。

麦克唐纳走到了他和里夫斯今天下午走过的车道尽头，穿过大门，走进了庄园。他先定定地站了一会儿，然

后沿着小路往下走了几十米。他的右边是一段高耸的坡
道，向上便是村里的主路，还能看到隐在树荫中的农舍屋
顶；左边则是一段向下延伸到河岸边的斜坡，如果有人不
小心在这条小路上滑倒，很可能会沿着这段长长的坡道一
直往下滚到底。虽然离村子的主路也只有几十米的距离，
但是站在这里几乎看到不到什么人家。河对岸只能看到一
片漆黑的树林，再往远处便能看到连着天际的荒原。时值
午夜，四下却并非漆黑一片。麦克唐纳想，黑暗不会湮没
整个夜晚。广袤的庄园和林地，呈现出明与暗、灰色与紫
色的色调，犹如一幅蚀刻版画。其间的景物轮廓被淡淡的
三原色调成中间色调而略显模糊，却掩盖不住细节。

　　麦克唐纳继续往前走去。前方是一条笔直的路，眼前
的一切一览无余：无论你想沿着这坡道往上还是往下走，
都能看得清清楚楚。他站在道路中央凝神倾听：唯一能听
到的只有远方流水拍打水坝的声音。麦克唐纳穿着运动
鞋。这种鞋子走路轻便，不会发出声音，还方便攀爬斜
坡。他捡起了一块小石子扔了出去。果然，从右侧传来
了回声。走在这条小路上，一点小小的动静都会被放大。
"她的听力很敏锐。"他心想。（认真的皮尔专门记下了这
一点。）"这条路上，连棉衣摩擦的声音都清晰可闻。肯
定不会有人冒险跟着她来到这里，肯定会被她听到的。她
一回头就能看得清清楚楚。"

　　他边走边继续想道："她肯定是出来见某个人。如果她只是想在月光下散步，或者想追求一种半恍惚的冥想状态，也没有必要专门穿过最后一道大门，来到磨坊、锯木厂和发电厂附近。如果她约了和某个人见面，肯定也不会将见面地点约在这条路上。这条路很窄，两个人并排走在这里都要担心会不会一不留神滑下去；坡度很陡，也很难走，不是一个安全的会面地点。如果她要和人见面，肯定会选择坡上或坡下的平地。"

　　他继续默默地往前走，来到了将庄园和河流分隔开的五栏木篱笆门前。道路两边种满了茂密的树木，还有一棵开满花的古树，在月光下仿佛让人置身于仙境。麦克唐纳突然想起了里夫斯，不知道他去做什么了。他肯定正站在桥边的某个地方，和麦克唐纳刚刚一样凝神细听。里夫斯最擅长做一些实验，重演在桥上摔倒的过程。麦克唐纳心想，好在他俩不用演示落水过程，否则还得下河游泳。虽然麦克唐纳现在看不到里夫斯，也听不到他的动静，但是他知道他在那里仔细勘察。这个想法让他也不由得认真起来。麦克唐纳开始回忆从坡道走到桥边的一路上有没有可以让一个尾随的凶手躲藏的地方。桥的两边都是一片空旷的平地。麦克唐纳突然想道："如果是里夫斯，他很可能会想办法钻到桥下。那是一座木桥，桥下肯定有能立足的地方；河面很宽，桥下肯定有桥柱。如果在桥上走的时候，突然有人抓住了你的脚，或者用绳索缠住你的脚，这可能就得推翻我们之前所做的一切关于膝盖先跪地的假设了。看来得交给他来表现了。"

麦克唐纳伸出手想解开锁住大门的链条，突然，他听到溪流的另一头传来了轻微的声音，像是一根棍子掉在了鹅卵石地面上。麦克唐纳赶紧退回到阴影中：他的位置可以看到桥面和对岸被月光照亮的地方。庄园农场和磨坊之间的那条小路隐藏在黑暗的阴影中，刚刚的声音就是从那里传来的。似乎有人正在从村里往桥边走，不小心碰掉了一根树枝。麦克唐纳脑子里闪过的第一个念头便是："那绝对不是里夫斯。"里夫斯有着猫咪般敏锐的视觉，也像猫咪般敏捷，不会莽撞地撞到树枝。不一会儿，一个男人从阴影中走出来，来到了月光下。他默默地走到了桥上。麦克唐纳看清了他的脸——是管家桑德森。在月光的照耀下，可以清楚地看到他穿着一件单衣和一条短裤。他身后还有一个看不清身影的男子。尽管麦克唐纳在心里做了无数猜测，接下来发生的事依然是他始料未及的。桑德森重重地摔在了桥上，发出了一声巨响。然后，他高大的身子便从桥上滚入溪流中，巨大的水声让麦克唐纳都有一瞬的失神。岸边传来维纳家看门狗的狂吠声。附近牛棚中被惊醒的小牛也发出了不满的声音。

2

麦克唐纳后来说起这件事，称直觉告诉他有人在搞鬼。桑德森摔倒时，不像失去意识的人那样四肢绵软无力。他似乎就是摔了一跤。他摔倒在桥面上发出的巨响还掺杂着木板嘎吱作响的声音。巨大的水声还未平息，就从不远处传来有人突然推开窗户的声音和维纳的喊声："怎么回事？怎么回事？"

阴影中突然传来雷蒙德·费伦斯平静的声音。

"没什么，维纳。很抱歉把你惊醒了。别把整个村子的人都吵醒了。我们只是想做一个实验。你过来一下。"

麦克唐纳紧紧盯着阴影处。他决定先按兵不动，他猜想里夫斯也是这么想的。桑德森显然水性不错，他在溪流中扑腾了几下，已经游到了河边。他上岸的时候，费伦斯正在安抚因为牛棚里的牛受惊而只穿着睡衣就慌慌张张跑出来的农夫摩尔。

维纳从屋子里走了出来。他气愤地冲向费伦斯。

"你怎么能干出这种事，医生？你吓了我们一大跳！我们已经够受了，你们还要胡闹……"

"冷静一点，伙计。我们没有胡闹。听听我们的道理。如果托灵顿小姐真的和大家以为的那样是在桥上摔倒跌入水中，那肯定会闹出比刚刚桑德森那样更大的动静。她的块头和他差不多大。我一直不相信她会从这座桥上悄无声息地摔入水中。她发出的声音肯定会惊醒你的狗，你的狗便会叫起来。"

"那晚狗没有叫。"维纳说，"我们那晚什么声音都没听到。我和你说过了，医生。我们什么都没听到，如果你不相信我……"

"问题是我们相信你，"桑德森说道，"你以为我故意摔进水里是为了什么？就是为了弄清楚我会发出多大的声响。如果有人在晚上从这座桥上摔进了水里，那肯定会吵醒你的狗。你的狗叫起来后会吵醒牛，牛的叫声又会惊动摩尔的狗，就像套环一样，一个接一个。我敢肯定，半个村子的人都会被惊醒。现在，我们已经证明了我们的看法。我得去好好洗个澡，水里还是凉飕飕的。"

他转过身，快步往大道走去。维纳气冲冲地转向费伦斯："你这是在耍什么花样，医生？如果这真的只是一个意外——至少我觉得这只是一个意外——你把事情弄得更复杂又有什么用？"

"我也想接受这只是一个意外，维纳。我们都想。"费伦斯低沉地说道，"如果警方也愿意接受意外的说法，我肯定是再欣慰不过了。但是警方现在认为这不是一起意外，还派了苏格兰场的人来进行调查。我和桑德森做这个实验只是为了搞清楚这到底是不是意外。如果你的狗没有叫，牛群也没有骚动，我就会去找督察，告诉他'如果你在那座桥上摔倒，跌入溪流中，没有人会听到动静。'但现在我知道事实并不是这样。你训练出的看门狗听到一点反常的声音就会醒来。"

"那你会去找那个总督察，告诉他你的发现吗？"

"不，没有这个必要。他肯定也会做同样的实验。今晚我和桑德森来这里是因为那两位督察开车前往荒原了，我们正好可以趁此机会自己来这里实验一下。"他停顿了一下，又继续说道，"听着，维纳。她不是在过桥的时候摔入水中的，她的脑袋也不是在栏杆上磕伤的。如果你依然觉得这是一个意外，那她是怎么摔倒的？"

"她可能走在那边的河岸上时脑袋发晕，往后摔去，不知道怎么的撞伤了自己的脑袋。"

"如果她是往后摔去的，怎么会滚入河里呢？"费伦斯追问道，"他们肯定会这么问的，你这个蠢蛋。只要你能想办法向我证明这的确是一场意外，我绝对会支持你的看法。但是死咬她是因为头晕摔倒也无法解释她为什么会落入水中。填好你的烟斗，边抽边好好想想。我得回家睡觉去了。"

他转身往木桥走去——他们原本一直站在磨坊边的河岸上——费伦斯马上就要过桥穿过庄园往回走了。麦克唐

纳往后缩了缩，躲在了树丛后。费伦斯走到桥上后又回头
说道：

"愤怒是没用的，维纳。我知道你对我很生气，但是
如果你真的认为那个女人是意外淹死的，看在上帝的分
上，用你的大脑想想这个意外是怎么发生的。这种根本无
法让人信服的解释是没用的。我和桑德森已经完全推翻了
你们所谓从桥上摔下去的说法。要是你们还想说服总督察
那只是一个意外，那就得好好再想想。那么晚安了。"

他过桥后走进院门，回身上锁后迈着平稳的步伐走
去。麦克唐纳一直躲在树丛后。等他听到维纳关上门，扣
上门栓后，才慢慢走出藏身的地方。

3

"猿类喜欢模仿；我可能算是证实了我们的祖先的确
是猿类。"两位督察一起坐在锯木厂棚的阴影下时，里夫
斯嘟囔道。

"我猜你当时正在桥下等我。"麦克唐纳说。

"您猜得没错。我听到您从那条路上走了过来。虽然
您像踩着瓷砖的公猫一样悄无声息，但您还是发出了一点
动静。您好像踢到了一块石头，对吗？我当时就在桥下离
河岸不远的地方，踩着横梁，抓着桥墩，试试能不能坚持

一会儿。感觉好像过了好几个小时，"他说道，"那个医生演那一出好戏时，简直就像是一辆雷霆六代车刚碾过这座桥。我想可能是因为水面的回声特别大。然后他就摔入了水里，发出一声巨响。我本来想去救他的，但是我却看到他利落地游向岸边，于是我就没有作声，继续躲在桥柱下。"

"他俩花了不少心思，做出的实验很有说服力，"麦克唐纳说，"这出好戏闹出的动静可比我想象中的要大多了。他们已经证实了自己的观点。"

"但是他们知道我们当时也在场吗？"里夫斯问道，"我总是想看看这些聪明的村民能聪明到什么地步。'她就是头晕'被推翻后，老维纳又会做何反应呢？"

"我不知道，但是我觉得现在应该把我们的第一个假设作为基础。她应该是在河岸边被杀害的，因为她的身体太沉，难以搬运；不是在靠近磨坊那边的河岸，因为那样可能会被人听到，或被人看到。那第一现场肯定是在上游的某个地方，因为她的尸体顺着水流的漩涡，被卡在桥柱间。她的斗篷漂浮着缠住了桥柱，让尸体卡在了桥边。她穿的是那种老式的连袖斗篷，没法扯下来。"

"那她很可能就是在这附近的某个地方被敲晕的。"里夫斯说，"这里位置隐蔽，处于阴影处，很容易下手。"

"是的，月光很亮，就像白天一样。"麦克唐纳说，

"这也许在死者看来是一件好事。她可能确信没有人会跟踪她。有一段很长的直行小道，"他停顿了一下，继续说道，"我一直在想这个女人到底为什么要来这里。你怎么看，彼得？"

"我有几个猜测，现在把它们一一摆出来，看看能不能像打保龄球一样击倒它们。"里夫斯说，"首先，我认为可以肯定的是，这不是她第一次来了。维纳太太就见到过她一次。也许南茜·比尔顿也看到过她——也许这是南茜·比尔顿最后看到的景象。我原本猜死者肯定在暗中窥视某个人，但我觉得她应该不会选择在晴朗的月夜出来窥视，这样太容易被发现了。她可能是要去某个人的家，但是必须要穿过庄园和磨坊之间的小路，并走过那座桥。她很可能会吵醒狗，月光还这么亮。如果她从村里的主路走，那如果被人看到了，就太明显了。所以不可能。继续回到您原先的观点：她是来和某个人见面的。她撒谎称要在月夜平静地冥想什么的。这样即使有人看到她走过那条小路，事后也可以谎称自己在抵御心中的恶魔或随便什么理由。她只要出院门，走几步就能来到这片树丛的阴影下。至于她为什么要和人在这里见面，我倒是觉得皮尔关于勒索的猜测有几分道理。她是来收钱的——很可能就是这样。而被勒索人忍无可忍，于是就酿成了惨剧。"

"我也一直在考虑勒索的可能性，"麦克唐纳说，"我们还不知道她的钱都在哪里。除了建筑协会以外，她可能还把钱投放在其他地方。我根据她的性格推测她可能变成了一个守财奴。我们应该过不了多久也会听说相关的事。但是正如你所说，她为什么要来这个地方和人会面呢？"

"我也不知道。"里夫斯说道。

"我倒是有一两个想法，"麦克唐纳继续说道，"会面的两方都不愿意去对方的家中，村里的邮局局长又是一个爱管闲事的女人。小村子里的邮局总是这样。"

里夫斯忍不住笑了起来："您说得没错。邮局里的那个女人看到这种信件可绝对不会放过。我今天看到她整理下午的信件时甚至没有过多问询。如果信里装着一捆钞票，手感肯定很明显。"

两人坐在一棵大树下，茂密的树荫几乎完全遮住了他们。他们的声音很轻，在巨大的流水声遮掩下，只有彼此才能听到。

"今天晚上收获很多，"里夫斯说，"我们看到了一场免费的案情重现，也让您省去了跳入水里的麻烦。我们也基本确定了案发现场。你说选在这里会面很奇怪，但我倒是觉得这地方很方便，离儿童院不远，也很隐蔽。"

"这个地方有很多好处，"麦克唐纳说，"不仅只有你提到的那几个方面。今天就先这样吧，我们今天才刚到，已经得到很多信息了。"

4

"你最近都在干什么，雷蒙德？"安妮问道，"你还是告诉我吧，这样你就不用像这几周一样每天都这么小心翼翼地和我说话。你想保守什么秘密的时候，总是会弄得自己很累。"

雷蒙德走进房间的时候，安妮·费伦斯正坐在床上。他笑了起来："好了，我的天使。很抱歉我回来晚了。我去找桑德森了，我们一起讨论了一些事。我俩都想证明那个女人绝对是死于意外的。我一直觉得她悄无声息地摔入水里是一件很奇怪的事，因为以她的体重，摔倒在桥上肯定会发出一些声音。维纳家的看门狗正值壮年，十分敏锐，肯定会听到的。"

"所以呢？"

"于是我问桑德森能不能来帮我重现现场，在桥上摔一跤，滚入水里，看看会不会引起什么动静。"

"他同意了吗？"

"同意了。他很爽快——我倒是没料到。我以为他会说假摔是个糟糕的主意之类的。于是，他立马换好了短裤，我们就沿着村里的主路走到了桥边。我不想遇到詹姆斯爵士或瑞丁夫人，所以我们没有从庄园里走。"

"老天啊，我敢说瑞丁夫人绝对不会大晚上出来散步。"

"那可不一定，我的天使。现在大家的精神都很紧张——不过这不重要。桑德森完美地重现了场景。他的演技无可挑剔。就连我自己都不一定能做得比他好。他摔下去的那一刻太真实了，整座桥都震动了。然后他滚进了溪流里，发出巨大的水声。于是维纳的狗疯狂地叫了起来，把维纳和牛棚里的牛都吵醒了，然后摩尔的狗也叫了起来。这才是该有的动静。维纳冲出门来质问我。他很愤怒，我们也好好理论了一番。但是我们都确认了一件事：一切根本不是大家所说的那样。那座木桥会发出巨大的声音，一具沉重的身体滚入水中时也会发出巨响。就像跳板跳水一样水花飞溅。"

"我的天啊……"安妮说道。

"我明白这让人很震惊，但是把事情弄清楚总是更好的。我最初的想法没有错。有人重击了她的后脑，把她推入了水中。犯罪现场不是在维纳那边的河岸，而是在靠庄园这边，离桥面不远处的河岸。"

安妮把腿蜷缩起来，下巴靠在膝盖上，手环抱着脚踝，脸上露出一丝迷茫："雷，你觉得你做的这个实验值得吗？"

"当然了，"他毫不犹豫地回答道，"这消除了一些可能的误解，我知道你明白我的意思。虽说好奇心可能不是什么值得称道的品质，但是真相只有一个。我只是想弄清楚一两件事。"

"你已经证明她不是在桥上摔倒的。但是你没有证明她不是自己悄悄地跳入水中自杀的。"

"我的天使，一个悄悄跳入水中自杀的人，枕骨上不会出现巨大的瘀伤。她的后脑上会有这种瘀伤只可能是在摔倒时撞到了桥边的栏杆。在今晚之前，我还愿意相信这种可能性，但现在，这已经是不可能的了。"

"那现在的情况是：你认为是有人杀死了她，"安妮说道，"那肯定是村子里的某个人。这想起来就让人不安。"

"我同意，但我们还是应该接受现实。"

"行了，你不想自己的枕骨也挨一下吧，雷？交给那个看上去很讨喜的警察吧。我觉得他看上去是个厉害的家伙。不知道你在重现现场的时候，他跑哪里去了。"

"他告诉西蒙·巴拉康，他们开车去古坟了，但是我觉得当时他也在桥边的某个地方。那他肯定也明白该排除意外的假设了。"

"那他明天肯定不会给你好脸色了。专业的警方总是不喜欢业余人士插手调查。"安妮说道,"我们还是忘掉这一切,赶紧睡吧。"

"没问题,我的天使。"雷蒙德的声音里透着困意。他回到床上,在她身边躺下了。

第十二章

1

"您是否对托灵顿小姐的形象深信不疑，夫人?"麦克唐纳平淡地问道。

他正在询问瑞丁夫人。她不动声色对总督察施展着各种招数，尤其是她的魅力攻势。

"局长将这件事交给您真是太明智了，总督察。我原本就对皮尔警长不放心。他似乎会妄下结论——不是很明智的结论。私下告诉您，我觉得他是个有些蠢笨的家伙。"

"我觉得皮尔警官非常敏锐能干。"麦克唐纳平静地说。

"但是您可不知道村民们对他有多不满，"瑞丁夫人说道，"他们都是我们的村民。我认识他们所有人，也了解他们所有人。在我看来，一个警察竟然认为他们中有人干出了这种可怕的事，真是太过分了! 莫妮卡修女……"

麦克唐纳没有打断她，任她絮絮叨叨地说了下去。无非是夸赞她圣洁、高尚，内心充满自我奉献精神，甚至连空气中都似乎弥漫着一股圣香的烟雾。直到麦克唐纳突然提出他的问题后，瑞丁夫人的脸便瞬间涨得通红，甚至气得站了起来。

"我很了解她，督察！"她说道，"她兢兢业业为我工作了30年。"

"但是我觉得在她的表面之下，您几乎不了解她。"麦克唐纳没有退让，"我首先想问的是另一件事。您了解格雷玛亚的巴罗护士，也就是汉娜·巴罗的来历吗？"

"巴罗护士在格雷玛亚工作了20多年。"瑞丁夫人冷冷地说道，"我不知道她是从哪里来的，因为是莫妮卡修女招募了她，并询问了相关的问题。修女非常擅长培训仆人，我就将招募的工作完全托付给她了。当然了，以前村里也有和格雷玛亚里的人一样听话的女孩，但是现在让女孩来做女仆的工作真是越来越困难了。汉娜工作非常努力，有她在是我们的福气。"

"我想她的确是个努力干活的人，"麦克唐纳也表示同意，"我要和您说说汉娜的出身，这样也许能让您对托灵顿小姐的为人有些许了解。汉娜是在布里斯托的一个孤儿院里长大的。她从小就接受女仆的训练，并被安排在一个非常严苛残酷的主人手下干活。多余的细节我也不加以赘述了，但是1918年，汉娜·巴罗因杀害自己的主人而被捕了。后来，罪名被减为过失伤人，汉娜·巴罗（她当时的名字是布朗）被判十年的劳役监禁。虽然她遭到的非人待遇让她获得了减刑，但她杀害主人是不争的事实。她被释放后不久，托灵顿小姐就招募了她。您知道这些事吗，夫人？"

瑞丁夫人看上去是结结实实地被吓到了，但是她依然保持着自己的风度："我对这些一无所知，"她强调道，"完全不知道。莫妮卡修女不该把我蒙在鼓里，但我相信她这么做也是出于一片好心。"

"她这么做是为了自己的利益，为了将别人牢牢掌控在手中。"麦克唐纳的语气没有任何起伏，"她喜欢自己能够轻易掌控的人。巴罗护士二十年来都处于她的控制之下。她是一个头脑简单，无知又容易轻信的人，她唯一的恐惧就是曾经被判处的罪孽重见天日。托灵顿小姐招募汉娜·巴罗可绝对不是出于什么好心。"

"但是汉娜很崇拜莫妮卡修女。"瑞丁夫人激动得音调都拔高了。

"汉娜对她的崇拜无异于兔子对鼬的服从。"麦克唐纳回答道，"她总是会重复一段说辞：修女很完美；修女全身心投入善事上；修女深夜出门是为了进行冥想。最后一句话显然是因为陈述理由的人复述了太多遍，她已经深信不疑了。汉娜·巴罗现在知道我们已经了解她的过去，她对于托灵顿小姐的说法已经开始有些动摇了。"

瑞丁夫人张嘴想要说些什么，但最终还是没有发出声音。她张开嘴巴，呆呆地坐在那里。满头的银发和暗粉色的嘴唇让麦克唐纳想到了雪白的兔子。他继续礼貌地说道："我同意，夫人，格雷玛亚的院长无权擅自雇佣一个像汉娜·巴罗这样有前科的人。这件事应该交由委员会处置，但如果我的判断没错，托灵顿小姐也不把委员会放在心上。她很清楚，委员会也在她的掌控之中。我之前说您对她的表面形象深信不疑时，便是这个意思。这就是你们经常说的，'完美'。"

瑞丁夫人在这个庄园里做了30多年的女主人，自有办法对付一些烦人又难缠的家伙。但是她突然觉得，这位总督察尤为棘手。

"你的推断偏离了主题，"她尖锐地说，"这件事已经对我造成了巨大的困扰，我不会再容忍你的无礼和不敬。"

"相信我，我没对格雷玛亚有一丝不敬，"麦克唐纳说，"如果非要说我个人对此有什么感受，那就是我对于整件事感到惊讶和恐惧：一个本该肩负起责任的委员会却被一个一手遮天、没有原则的员工骗得团团转。至于您说的无礼，我还是认为我所说的一切都很中肯。作为委员会的主席，您应该学会管理事务，面对事实，承担后果。现实并不美好，夫人。"

"我希望你接下来的话能简洁一些，警官，不要加什么多余的意见。"瑞丁夫人说道。

房间的角落里传来窸窸窣窣的声音。里夫斯警探正坐在墙角，略显刻意地翻动记录的纸张。里夫斯是一名优秀的记录员，他记录对话的速度在警局中也算是数一数二的。麦克唐纳回头看了看，并重复道："不加多余的意见。"里夫斯为自己的笨手笨脚而道歉，并拿好笔准备继续进行记录。

"根据惯例，这场问话的重点部分要被记录下来。"麦克唐纳对瑞丁夫人解释道，"那我就继续说下去了。托灵顿小姐每年的工资是120英镑，现钞支付，每月10英镑，对吗？"

"是的。这些钱都是我给的。她拒绝增加自己的薪酬。"

"您知道她还有什么别的私人收入途径吗，夫人？"

"她没有什么私人途径。她对我说得很清楚。莫妮卡修女一点都不在乎钱。"瑞丁夫人冷冷地回答道。

"但是在过去的十年里，瑞丁夫人在多个建筑协会里存了超过2000英镑的钱，而且是每月寄付的现钞。她的投资总额远远大于那段时期的总工资。如果她没有私人途径，您能告诉我这些钱是哪里来的吗？"

"2000英镑？"瑞丁夫人倒抽一口气，"2000英镑——

但这简直太荒谬了。"她突然深深地吸了一口气,好像想
要压抑自己的情绪,脸变得铁青。"难以置信。"她无力地
补充道。

"您有没有在每月的工资以外还给过托灵顿小姐钱?"
麦克唐纳问道。

瑞丁夫人不安地动了动:"我偶尔会当作礼物给她一
些钱,比如在圣诞节和她的生日会给她1英镑。"她老实
地说,"但是这……这根本也抵不上你说的数额。我不明
白。她和我说过她没有别的赚钱……"

"但是她好像有某些渠道,"麦克唐纳说,"当然了,最
有可能的就是勒索。"

瑞丁夫人坐直了身子,死死地盯着他。她的手指雪
白,手上的皮肤有些松弛。她不安地把玩着脖子上的金项
链。她看上去很惊讶,显然也很不安。但是在麦克唐纳看
来,她的脑海里正在进行着计算。

"您对这个问题有什么看法吗,夫人?"他问道。

她坚决地摇了摇头:"我完全不知道这件事,也不知
道该如何解释。"她停顿了一下,"你说可能是勒索,我很
惊讶。"她深吸了一口气,继续说道,"你一直在向我解释
一个不争的事实:这个女人骗了我,她骗了我们所有人。
这让人很震惊,也很耻辱,总督察。"

麦克唐纳不用回头也知道里夫斯抬起了头。里夫斯虽

然年纪比麦克唐纳小，但是做过的取证可比他多。这种变脸（里夫斯称之为"逆转"）是陷入窘境的证人常用的手段。两位督察几乎都能猜到接下来会发生的事。里夫斯是在提防这个证人也许会突然"陷入崩溃"。

"这都是我自己的错，"瑞丁夫人说，"我生性不会怀疑他人，特别是我手下的人。这些年来，莫妮卡修女一直把格雷玛亚打理得很好。她工作很努力，总是心甘情愿地帮助任何有需要的人。当然了，我知道她是一个古板的人。但我也老了，我还是觉得老旧的经验办法是值得推崇的。"她重重地叹了一口气，麦克唐纳没有说话，里夫斯则一直在进行记录。瑞丁夫人发现他俩并没有像她预想的那样对她表示同情和认可，只能继续说了下去。

"就算我当初对于莫妮卡修女做出来的形象有一丝怀疑，我肯定也是马上摒弃了这种想法。"她难过地说道。

"托灵顿小姐当然不是她做出来的那种形象，"麦克唐纳平静地说，"你知不知道她有没有，或者何时结婚的？"

"结婚？"瑞丁夫人倒吸了一口气，"你是说……结婚？"她问得很快。（里夫斯后来说："这几句话倒是一点都不拖泥带水。"）

"您应该明白我的意思，瑞丁夫人，"麦克唐纳冷静地说，"进行尸检的病理学专家说她不是处女。"

可怜的瑞丁夫人低下头，把脸埋进了双手中。当她再抬起头来时，她的脸色苍白。但这次，她身上透出了真正的贵族气质。

"我的恐惧难以言喻，总督察。我说的不会怀疑是指我根本不会去质疑莫妮卡修女的人格。我全盘接受了……恐怕我得请你先不要再对我进行问话了。我现在实在是太难过了，没有办法再回答你的问题了。"

她不由分说地站了起来，麦克唐纳也站了起来，他说道："我很抱歉，瑞丁夫人。我知道您现在很难过，但是您应该面对现实。我可以等合适的时候再来找您问话。那么，现在我能和詹姆斯爵士谈谈吗？"

2

詹姆斯·瑞丁爵士已经70岁了。他身形瘦削挺拔，打理得非常整洁，看上去是一个一丝不苟的人。他穿着素色的格子花呢上装、紧身呢子马裤和一双擦得锃亮的马靴。他一开口便直奔主题，丝毫没有尴尬的客套。

"我的妻子很难过，总督察。她是一个心地很善良的女人。我做不到像她这样。长年照顾牲畜就没有心思操心那些细枝末节。我们还是废话少说吧。托灵顿小姐这些年来和我从来没有半点关系。如果你们愿意相信我，这会省去你们不少麻烦。"他直直地看着麦克唐纳，补充道，"要是她敢勒索我，那是自找麻烦。她很清楚她的影响力有多广，但从来不包括我。"

"那么包括谁呢？"麦克唐纳突然问道。

"我没法给你什么有用的信息，总督察。她在格雷玛亚的这些年里，我就从来没有和她单独待在一起过。我受不了她。我相信她能胜任这份工作，我知道她很会管理人。我知道我的妻子是在利用她，特别是她还能帮她把村里的姑娘管教成合格的仆人。"他停顿了一下，继续补充道，"我妻子也许偶尔会给她一些小钱，但是也就仅限于此。我们有一个联合银行账户，我们在金钱上也是很会打理的人。这年头管不住钱可不行。她可是存了几千英镑，就算是十年的时间——不可能。我肯定这和我们没有关系。如果你想的话甚至可以去查我们的银行账户。我不是蠢蛋。我知道你们来肯定不是来跟我们寒暄的。"

"我来只有一个原因，先生……"

"当然了，当然了。查出真相。要查个水落石出，我知道。真是一团糟，全都一样。我总是不明白那个女人为什么能操控那么多人。狡猾，她实在是太狡猾了。我好几年前就告诉我妻子，应该把她换掉。她总是四处窥探，大家在她面前都没有秘密了。但是她实在是太能干了，天，太能干了。那地方被她管理得井井有条的。"

"她在大家心里的形象已经有所改变了，先生。"

詹姆斯爵士笑了笑："幸好现在不用那么虔诚了。以前的一切简直让人害怕，我总是不喜欢那套圣人的说法。总是要小声说话，空气里都是圣香的味道。我心里明白得很，这个女人就是一个该死的害虫。去她的什么无私奉献。她留在这里就是因为她喜欢这里。委员会的人全都听她调遣，牧师对她唯命是从，那个医生事事顺她，大多数人都欠她的人情。她现在死了，还是在我的地盘上。真是个麻烦精。老汉娜·巴罗又有什么故事？我的妻子似乎已经完全崩溃了。"

麦克唐纳便一五一十地告诉了他。

"可怜的老巴罗！"詹姆斯爵士说，"我想你们现在肯定要怀疑那个可怜的老护士了，你们觉得她受够了一切，不想再忍受了，就借了根高尔夫球杆下手了。一根高尔夫球杆足够了吗？我最喜欢的推杆不知道放哪里去了。"

"换我可能不会用推杆，先生。我相信汉娜·巴罗也不会。警棍会更加称手。"

"是吗？我也有一根不知道放哪里了。那原本是我爷爷的。当时的宪章派暴动？差不多是因为这种事留下来的。我会去找找看。"詹姆斯爵士似乎若有所思，"希望你们没有怀疑汉娜的确凿证据，不过我承认，要是确认是她干的，我也能放下心来。虽然这听上去很残忍，但是找一个好律师就能让陪审团明白汉娜骨子里不是一个坏人。我想她就算被关进监狱，应该也不用像在格雷玛亚一样起早贪黑地干活。"

"她的工作强度会大大降低，"麦克唐纳表示同意，"但是我觉得您最好还是不要觉得我们是为了帮谁的忙才来的，先生。"

"当然了，当然了。但是人性就是这样。我喜欢村里的人。我也不想见到任何人被抓起来，无论是我的牧牛人、牧羊人、把犁人，还是在电场和锯木厂工作的工人们。他们很多人可能都痛恨这位死去的院长。她好几年前就该退休了。我知道。这只能怪我自己。其实我喜欢过平静的生活：圣歌里唱道'家中安宁'。瑞丁夫人眼里只有莫妮卡修女的优点，所以事情就变成了这样。"

"您说'有很多人可能都痛恨这位死去的院长'，先生。为什么？"

"为什么？见鬼，你肯定也了解了一些关于这女人的事。她获取人们的信任。她知道了所有村落都会有的肮脏秘密。这家的丈夫是否不忠；那家的妻子是否有债；这个商人有没有遵守配给法；那个农场工人有没有偷猎；还有那个农场夫人的妻子有没有偷偷做黄油去卖——她总是有办法知道。她一直都知道，但是最近几年，她开始散播那种最会中伤他人的暗示。该死的，我还听说她甚至说了一些关于住在道尔大宅的那女孩的坏话——就是费伦斯的妻子。她还尽她所能抹黑约翰·桑德森。他当初说得没错。他说这个女人就不该管理任何事。"

"看来您知道托灵顿小姐后来没有再负责募集管理各类资金了？"

"是的，我知道。我找牧师和教会委员聊了聊——当然很小心了。也许她的确中饱私囊，数额还不少。但是十年来，也没有到2000英镑。大概也就每周4英镑。2000英镑可远远超出我们筹到的现钞总额。难以想象维纳、摩尔、里格或杨太太能付出这么一笔钱。看来你们得把眼光往外放，总督察。你永远猜不透这种女人会干出什么事。她可能写信勒索了某个人。她可是很聪明的。"

"我认为问题的关键就在这里，而不是外面。可以确信的是，死者几乎没有出过这个村子。这一点很好推测。米勒姆摩尔很偏僻，她徒步走不到其他地方。我们也知道她近年来没有坐过公交车。至于您说的信件……我无意找你们邮局局长的麻烦，但我敢说她是一个很善于观察的人。她清楚死者在米勒姆摩尔邮局寄出的每封信。没有一封信是用来勒索的。"

詹姆斯·瑞丁爵士淡淡地笑了笑："我总是把我的信投到米勒姆摩尔邮局或巴恩斯福德的邮局。"他继续说道，"我很好奇死去的院长的经济状况。她有什么银行账户吗？"

"目前我们还无法确定。她的股票账户上的收益都转投到相应的公司了。她会收到分红的通知，但是这些通知都是用托灵顿小姐自己准备和撰写的信封投递的。"

詹姆斯爵士又笑了起来："她可真是面面俱到。她想了一个滴水不漏的办法。她选择了不需要交税，或者税务早在分红前就由公司代缴的方式，这样她就不用和国内税收署扯上关系。填好地址的信封又能满足邮局局长的窥视欲。但是她是怎么寄出投资的钱呢？"

"通过每月一次从米勒姆普赖厄斯中央邮局寄出的挂号信。每次都是由汉娜·巴罗寄出并带回收据的。汉娜·巴罗是文盲，但是她知道每月都要寄出一封她所谓的'挂号信'。"

"这个死修女还真的是面面俱到啊，"詹姆斯爵士叹道，"我早就知道她是个聪明人。"

"她再聪明也没能做到真正的滴水不漏，"麦克唐纳干巴巴地说，"到头来，她让某个人忍无可忍了。先生，您现在已经知道大致的情况了。那么请问您有什么能协助我们调查的信息吗？"

"没有，谢天谢地，还好我没有。"詹姆斯爵士说，"我总是会小心地避开关于莫妮卡修女的话题。我不喜欢她，我也都和你们直说了。但是我的妻子很看重她，希望她能继续为我们工作。我就没有再管了。"

"但是您知道与人说起她可能会给您带来麻烦，对吗，先生？"

詹姆斯爵士站了起来，他的表情很严肃："我一直以来都认为她是个虚伪的家伙，总督察。我知道她认为自己是个大人物，她很看重自己在这里的地位。她曾经的确过于'关心'村里的事。但是我也相信这样的小村子自有办法对付这种好事者。虽然过程很缓慢，但结局是肯定的。我不想因为我不喜欢这个女人而导致自己家庭关系不睦。她还没有重要到让我提防的地步。"他怔怔地盯着窗外，手指微微蜷曲，显然是在犹豫要不要继续说下去。然后他转过身来，对麦克唐纳说道："在婚姻中，有时候丈夫就算知道会引发争吵，也应该竭力表示反对，当然妻子也一样。但是莫妮卡修女还不值得我这么做。"

3

"我喜欢这些花，头儿。"里夫斯原本还在抱怨刚刚那场问询，当他们走到瑞丁夫人的玫瑰园前，他便被鲜艳的色彩和馥郁的芬芳迷住了。明黄色的"黄金黎明"和亮橙色的"路易斯·布里纳斯"错落地种在一起，接着是火红的"赫略特夫人",再往深处就是猩红的"荷兰之星"。一大片盛开的玫瑰散发出醉人的香气,在盛夏的阳光下似乎喷薄着耀眼的光芒。

"好吧,但是你不可以采摘她的玫瑰。"麦克唐纳说。

"我也没打算摘。我可是从伦敦来的,我们都知道不能这么做。"里夫斯说,"不过就算我要摘,我也想摘'荷兰人'……就是'荷兰之星'。那也是一种玫瑰。您觉得她到底知道多少,头儿?她表现得非常惊讶,但我还是对她的反应将信将疑。"

麦克唐纳一直没有说话。他们离开了庄园主宅的花园,回到了庄园里。这次,两人没有走那条通往磨坊的陡峭小道。他们顺着一条岔道,往庄园的树林走去。

"我不知道。"麦克唐纳若有所思地说,"但我倒是更想知道詹姆斯爵士知道多少。他不需要做出惊讶的样子:因为他的妻子已经把重点都和他说过了。我看不穿瑞丁夫人。我和你一样,也觉得她那种惊惧的表现似乎很熟练。"

"她的确很熟练,"里夫斯说,"这个形容词用得很好,意味着成熟、完美、优雅,她时刻戴着一张你没有办法看透的假面。你说的'看不穿'就是这个意思吧?"

"差不多。但是我想在她的风度、胆量和稳重之下还有一些更本质的东西。她对于某些事非常确信。如果她当初了解真正的莫妮卡·艾米丽，居然还容忍她做出这么令自己难以忍受的事，这肯定有更深的原因。里夫斯，你看她的脸上几乎没有什么皱纹。只有对于现在的生活很满意的女人才会这样。"

"嗯……是的，你说得没错。她看上去并没有为这些事愁到抓耳挠腮，也没有精神衰弱。但是有些人就是会说'我还是不想知道这些事'，然后转头不看，非常小心地不去看，还觉得这是正确的做法。"

"以后你在证人席上突然忘了话术技巧，用你的惯用口吻盘问证人时，记得要叫我去旁听。"麦克唐纳说，"但如果按照你的说法，我觉得她会说：'我不想知道，我不想看。'但是她知道其他人不会像她那样容忍。她很精明，她不想听到她的朋友说：'可怜的瑞丁夫人，完全被骗了。'"

"是的，她很介意别人的看法。她的院长这些年来给她带来了太多好处，她不想失去她。"

麦克唐纳笑了笑："詹姆斯爵士提到的小钱可能就是指瑞丁夫人对于托灵顿小姐提供的'院外服务'的奖励。他间接地告诉了我们不少事，还有一些他没有提到的事。"

"是的，我都一字不差地记下来了。我们可以逐字逐句地分析。"他们走到山毛榉的树荫下时，里夫斯说道。

麦克唐纳补充道：

"我现在能够确信，莫妮卡·艾米丽变成了一个守财奴。她的眼里只有敛财，没有花钱。"

第十三章

1

　　麦克唐纳去找詹姆斯爵士和瑞丁夫人的那天早上，管家桑德森正在他的房间里看信，一个庄园里的护林员突然出现在了门前。

　　"请进，格里夫，"桑德森说，"你有什么事？"

　　"我在库姆树林有个小木屋，先生。你可能听我提过。因为那个地方很偏远，车和拖拉机都开不过去，我想把一个炉子和其他物件放在小屋里，反正也是空着。"

　　"我记得，"桑德森说，"有什么问题吗？"

　　"我想来要一条牢固的锁链和锁头，最好再给我一个搭扣和钉子，这样我就能把那屋子反锁了。又有人闯进去了。"

　　"为什么？我才刚给你换了新的锁呀。"

　　"是的，先生。原来的锁生锈了。但是给那地方上锁也没有用，那扇木门太老旧了，一撬就开了。"

　　"是谁干的？"桑德森问，"你有丢什么东西吗？"

"我的磨刀石不见了，是金刚砂的，可能还有些别的工具。至于你问是谁，我觉得应该是那些该死的男孩，上次掏完鸟窝后就跑过来。不过他们没拿过东西，只是恶作剧。但这次我就不确定了。这次的门是被撬棍撬开的，我觉得是那个老流浪汉。守林员黑尔上个月警告他别再靠近树林，但是穿过库姆森林要走很久的路，护林员也看不住。要是放在以前，那就不一样了。以前詹姆斯爵士可有四名护林员。"

"这听起来可不妙，格里夫。看守林场不归我管，但你的小木屋和工具归我管。我还是得去看一看，如果那地方真的如你所说是被人撬开的，工具也丢了，那最好还是应该告诉警察。"

格里夫看上去有些不满："那你肯定还不急着去告诉警察吧，先生？现在警察已经到处找我们的麻烦，让我们一遍又一遍地回答。我宁愿自己出了这磨刀石和锁头的钱，也不想把米勒姆普赖厄斯的警长招来到处问东问西。他已经够烦人的了。他能怎么办？如果真的是那个流浪汉闯进我的小屋里偷走了我的磨刀石，他肯定也不会坐在篱笆下，等着皮尔警长来搜他啊。"

"我想的确不会，但是偷窃还是应该上报给警方。"桑德森说，"这样吧，你去院子里找找你要的锁头，搭扣和钉子——我们应该有些存着——然后我开车带你去那小屋附近。我去查看一下损坏程度，你去修好你的锁扣。你可以找木匠店借一个支架。"

"太好了，先生。能修好就太好了。我这次一定会看管好那个地方。但是你别再叫那个米勒姆普赖厄斯的警长过来了，我们都受够他了。"

2

约翰·桑德森开着车绕了一大圈，来到了靠近库姆树林的林间车道上。这时，他看到两位督察正在前面慢悠悠地走着。桑德森把车停到路边，向他们打招呼：

"你们要不要发挥聪明才智来破一起入室盗窃案？格里夫说有人闯进了他的小屋，偷走了他的工具，就在那边的树林里。"

"我们很乐意帮忙，"麦克唐纳轻快地说，"当然了，这得暗中进行调查，不过我应该不比皮尔警长差。"

"太好了，坐到后座上来吧。格里夫怀疑是个流浪汉干的。的确有个偶尔会来的流浪汉，总是来偷鸡蛋，不过不经常来。这里离主路还是有些距离的。"

麦克唐纳和里夫斯跳上了后座。桑德森沿着土路慢慢地继续往前开，麦克唐纳问道："这条路通向哪里？"

"如果继续沿着这条路走，就会从黑兹尔敦出去，就在荒原的边缘。那里有一个小矿村。战争期间，那个矿坑被废弃了，但是1940年又开始招工了，村子里还是有人居住的。不过我们接下来不走主路了，只能慢慢开，因为路面会有些颠簸。我们前段时间刚砍了一些树，工人们把昂贵的木材都运走了，不过还是留下了不少零碎的树木，我们已经尽量搬走了不少。这年头的木材很珍贵，我们可不会留下一星半点。"

他们坐在车里缓缓前进了20分钟后，桑德森把车停靠在路边，说道："小木屋就在坡后的树林里。你能看到远处的崖边，他们锯倒大树后留下的木桩。搬运可是个累活，但只要给现代的伐木工人一台履带拖拉机和绳索，他们的劲头甚至能比得上皇家装甲部队——我都觉得有点可怕。小木屋到了。"

这是一个普通的小木屋。四面没有窗户，但屋顶上有一根烟囱。木屋的门显然是被撬开了。锁拴被人扭开了。

"我觉得这是用棒子撬开的。"格里夫说。

"用一根轮胎撬棒就行了，"麦克唐纳说，"原理就和铁撬棒一样。"

"应该是的。"里夫斯说。他把门推开，看了看里面，有一张简陋的长凳，稍远处还有一个铁炉子，几个装满蕨菜的口袋靠在墙边。

"那些小伙子们开拖拉机到附近的时候会带几袋过

来，"格里夫解释道，"我找不到稻草的时候，用这些蕨菜给鸭子做窝也很方便。"

"流浪汉也可以用这个来做床，"桑德森说，"我敢打赌这些蕨菜就是这个用途。这几个袋子都被压平了，肯定有人在上面躺过。"

"那倒是，"格里夫说，"那个老流浪汉一直偷偷住在我的小木屋里，该死，还用了我烧火的木头和树枝。"

"看来问题都迎刃而解了，总督察。"桑德森说，"我想格里夫说得没错——看着几个袋子就明白了。"他把一个袋子踢到了一边，"你最好还是拿走这些袋子。免费的床和烧火的地方实在是太诱惑……"

"那是什么，长官？他好像还给我们留了些纪念品。"

他正准备弯腰捡起来，麦克唐纳突然出声：

"别碰。那绝对不是一个老流浪汉的东西。肯定是偷来的赃物。"

"老天啊！"格里夫大喊，"那是……"他盯着那个东西不说话。里夫斯用手电筒照在地板上，他们看到有一块黑色的东西夹在最下面的袋子和镶板中间。那是一个黑色的皮质手提包，一种老式的鼓包，那些绅士淑女们一般管这叫收口手提包。

麦克唐纳挪走了上边的袋子，这个包滑落到了地上：包带断了，扣子也松了。

"你知道这是谁的包吧，格里夫？"麦克唐纳问道。

"这和修女的那个包很像，"格里夫说，"她背了好几年了。她来取菜的时候经常会把她的包放在厨房的桌子上。天啊，天啊，没想到这里还有这种东西。"

"你最后一次来这里是什么时候，格里夫？"桑德森问到。老格里夫摘下了帽子，挠了挠头。他盯着那个黑色的包，仿佛那是修女的遗体。

"应该是两个星期前，"他慢慢地说道，"我来砍点柴火之类的，还想弄点做篱笆的树枝。我找了几棵树，把树枝都锯成相同的长度以便搬运。接下来就是今天早上，我让乔·格兰特把他的卡车开到附近——我们七点开始——然后准备把木头搬到卡车上，再运到锯木厂，给摩尔先生。我就是在今天早上看到木屋的门被撬开的。乔也看到了。我吃过早餐后就去桑德森先生的房间要锁头、搭扣和钉子。我想把这门从里面锁上。"

"两周前，这扇门和锁都是好好的吗？"麦克唐纳问道。

"是的，长官。"格里夫边回答边从口袋里掏出了钥匙，"我一整个早上都在这里干活，乔用卡车把我载到附近的一个地方，我还用这炉子给自己泡了茶。一切都没有问题，我走的时候亲自锁上了门。我还磨了我的锯子，砍了树——实在太沉了——我把我的锉刀放在了那张长凳上。今天我发现已经不见了，我用来烧水的旧锅子也不见了。"

"非常感谢。你说得很清楚，也都很有用，"麦克唐纳说，"看来这件事必须归我们管了，桑德森。你带里夫斯督察回去，他会把我的车开过来。"

"好的。"桑德森说，"看来我就把这件事交给你了，我应该不用告诉其他人吧？"

"是的，"麦克唐纳说，"你和格里夫最好不要和任何人提起这件事。不然可能会惹上麻烦。"

"我不会说的，连我妈妈都不会告诉。要是让女人知道这种事，绝对马上就传遍了。"格里夫说道。

3

一小时后，里夫斯开着车，带着他的"工具"回来了：几个康沃尔菜肉馅饼，两瓶啤酒和几根新鲜的嫩胡萝卜。他正在像一头驴子般啃得不亦乐乎。

"我挨饿的时候总是头昏眼花的，"他说，"但是我吃饱了就会很卖力。"

"就像家畜一样，"麦克唐纳点了点头，"好了，我们去小屋的另一边吧。这样就算有人碰巧经过这里也不会看到我们。"

"'碰巧'是好事啊,"里夫斯说,"来得这么迅速及时,就是在向我们解释些什么。昨晚的小实验说明'她很晕'条件不足,于是就来了一个流浪汉。这心思不错。"

"那是谁安排的呢?"麦克唐纳说,"我也觉得可能是有人暗中做的手脚,但是在我们查清包上的指纹前也没办法断言——如果真的有指纹的话。"

"如果没有指纹,那就能断定这是伪造的。"里夫斯说,"流浪汉不会戴手套。"他咬着他的康沃尔菜肉馅饼继续说道,"巧的是桑德森正好接上了我们,把我们带了过来。你觉得会不会是他安排的?"

"我也想过,但事实上,桑德森不可能知道我们正沿着那条路在树林里边走边讨论证据。我们自己都只是一时兴起,那只是巧合。我觉得格里夫也没有撒谎。他一五一十地说出了所有事。"

"是的,如果这是他装出来的,那他肯定会让乔·格兰特找到这个包,然后一起送到桑德森面前,这样上面就会有大家所有人的指纹。而事实上却是桑德森看着我们找到了这个包;昨晚也是桑德森帮忙实行了那个实验。"

"有可能,但是桥上的实验是费伦斯建议的。我和你说过我今早去找他的时候,费伦斯也没有隐瞒。这是他的主意，是他劝桑德森一起合作的——虽然没费什么力气，他就答应了。"

里夫斯打开了一瓶啤酒，继续说道："正巧有人在工作间丢了一枚扳手，我就拿来开啤酒了。我们很快就会得知护林员的确警告过一个流浪汉，大家都会证实这一点。一个虔诚又有些虚弱的修女，在仲夏夜背着一个漂亮的大包，独自游荡在庄园里。一个流浪汉看到了她，就用他的短棍把她击倒，偷走了包，再把她推进了水里。流浪汉躲进了树林里，把包里的钱物洗劫一空，还生火烧掉了其他纸质的材料。"

"但是为什么不说流浪汉也烧掉了这个包呢？或者说把包埋起来，或藏在树林里呢？"麦克唐纳问道，"既然他知道自己犯下了谋杀案，他会故意留下一个包吗？当然不会。"

"这可不敢说，头儿。翻空的包经常会被丢在一边，您也很清楚。而且包总是烧不干净的，一些金属的框架总是没法烧毁。"

"但是你可以把包埋起来，或者塞进一个兔子洞，又或者塞到河里的一块石头下。"麦克唐纳摇了摇头，"烧掉纸张留下包只能说明这是一个很愚蠢的流浪汉。好了，你吃完胡萝卜后赶紧来查看一下这个包。"

4

"越来越奇怪了。"麦克唐纳说。

他坐在地上,仔细地查看着那个包。包已经旧了,原本应该印着烫金的缩写——M.E.T.,金粉几乎已经磨损光了,但是印痕还是很明显的。磨损的皮革表面没有指纹,很可能是因为这个包浸过水。包已经干了,显然是因为被扔在盛夏的小木屋里而加速了水分的蒸发。包的内衬还是湿的,绸面上还有水渍。扯断的包带吸引了麦克唐纳的注意:原本的包带很牢固,扯断肯定是花了不少力气。

"过犹不及,"他说,"我觉得这包带肯定是为了给我们留下抢劫的印象而故意扯断的。"

"有可能。"里夫斯说。麦克唐纳继续说道:

"我一直在想我们最初的猜测:她是在河边遭人袭击,失去意识,因为她的身体太沉了,不方便搬运。但从这个包上,我们可以推断出包带断裂说明她当时紧紧地抓着这个包。如果一个流浪汉和她争夺这个包,她难道不会大声呼叫吗?如果她呼叫了,狗肯定会听到她的声音并大叫起来。但是狗没有叫,不然整个村子的人都会听到了。不管这个包是怎么回事,那个女人被敲晕的时候肯定还不知道。她肯定一声都没哼就倒下了。"

"如果她倒下了，那肯定也不会死死抓着包。她失去意识后肯定就会松手了，"里夫斯表示同意，"那包带也不会断裂，我觉得很有道理。但是我们依然不知道到底是怎么回事。这个包可能随着她一起落入了水中，冲到了下游，被一个与本案无关的人捡了起来。比如我们所说的这个流浪汉。我们还是需要考虑这个流浪汉。"他想了想，盯着破旧的黑色手包继续说道，"你说过这村子里已经有一套自己神秘的办法，头儿。我觉得这个村子就是一个迷魂阵。一开始，所有人都说她是圣人。然后圣人的光环褪去——你用简单的常识逼迫维纳这样的人认清了真相。接着他们就说'她头晕，可怜的人儿。'后来费伦斯证明她不可能悄无声息地在桥上晕倒并摔入水中，再次推翻了这一点。现在又有人开始耍花招了。'肯定是一个流浪汉，是他击晕了修女，抢走了她的包。肯定是这样的，就是这个流浪汉。'我几乎都能想象出他们的语气了。"

"你是说村民们其实知道到底发生了什么事吗？"

"是的，而且他们不希望被我们查出来。我的意思不是说这是合谋杀人：目前看来不是合谋杀人。我只是觉得村子里的人都知道这个女人不是好东西，觉得她的死是报应。但是不管怎么样，他们想要保护杀死她的这个人——他们中的某个人。"

"那么，费伦斯知道到底发生了什么吗？"麦克唐纳沉思道。

"有可能。您是怎么想的?"

"我觉得他不知道,至少从证据上来看,他不知道。他的职业不允许他说谎。这无关乎什么道德品质,只不过他如果被戳穿,就很可能会失去他的威望——他的职业地位。这种人肯定不喜欢冒险撒谎:他们喜欢坚持真理。但是费伦斯也做了很多猜测,和我们一样。我觉得他昨晚的试验其实是在警告某个人,或者警告整个村子。这仿佛就是在说:'你逃不掉的。'至少我是这么认为的,不过他自己可能不会承认。"

"那你觉得这个手包骗局有没有可能是在昨晚布置好的——就在费伦斯试验之后?"

"我觉得很有可能。如果真是这样,那就说明这个包原先一直在某个人手里。"

麦克唐纳突然停顿了一两分钟,继续说道:"我们必须要根据之前找到的证据,先查清楚这个包的来龙去脉。皮尔说格雷玛亚办公室里的一个文件包,或者装文件的盒子应该被人偷走了,因为他什么私人文件都没找到。我觉得死者很可能把私人文件都放在这个包里随身携带。这个包很大,能塞不少东西。"

"有道理。"里夫斯点了点头,"女人的包的确就像个无底洞,总能塞下很多东西。我觉得这个托灵顿很可能对格雷玛亚的所有人都不放心，于是就一直把不想放在儿童院里的文件随身携带。她做事有条不紊，谨慎小心。绝对不可能把包随地乱放，或者不小心丢失。"

"如果这么说的话，我觉得很可能是击晕她的人拿走了包里的东西。我们认为她会勒索别人。如果她一直随身携带着这个包，那这个包里很可能装着一些很重要的东西。"

"很好。那接下来要讨论的就是，凶手是否拿走了包里的东西，并故意扯断包带假装这是抢劫，并扔进了溪流里——这是最保险的做法。包很可能被水流冲走，被其他人发现了。这个人把包捞起来并晾干，为了以防万一可以急用。就比如说现在这种情况。"

"这是有可能的，"麦克唐纳说，"但是这里面的可变因素太多了。把这个包放在这里很聪明，我倾向于认为这就是昨晚放的，也就是你说的'在试验之后'。谁都可能知道格里夫要和乔·格兰特来这里运送木头。"

"于是有的人便多了个心眼。"里夫斯若有所思地说。

"你检查完这个包后，我们就去把门钉死。这里好像没有什么值得注意的东西了。"麦克唐纳说，"我会把这个包收起来，并查出村里人最后一次看到死者背着这个包去了哪里。然后我会把包送到警局。看看能不能找几个鉴证科的小子来帮忙。他们应该能告诉我们这个包是被扔到溪流中，还是用水龙头冲泡伪装出来的。"

"他们会告诉你很多信息——这包的年头，产地，主人的习惯，以及精确到小数点后三位的切断包带所需的力。"里夫斯说，"但村民们可是什么都不会告诉你。他们会一直重复着这一句话：'我不清楚。也许是这样，也许是那样。'"他顿了顿，将自己的指纹吹粉器和相机放到一边，"我倒是有点惊讶皮尔竟然没发现这个包不见了。他不是这种会遗漏常规调查的人。"

"我们不能怪皮尔，"麦克唐纳说，"死者的卧室里的确找到了一个皮质手包：里面有一个钱包，支票簿，手巾之类的你能想到的随身物品，甚至还有嗅盐和挥发盐。"

"这可能是周日教堂礼拜用包。"里夫斯马上说，"万一孩子们在教堂里身体不舒服，就可以用嗅盐。这个包很可能是某个雇主给她的礼物。你到时候可以去问问，头儿。"

"我会的，你猜得很可能没错。"

"这种事很正常，对吧?"里夫斯漫不经心地说。

第十四章

1

"你见过这个包吗，杨太太？"麦克唐纳问道。

总督察把他的公文包放在村邮局兼杂货店的柜台上，当他取出里面的手包时，他觉得自己仿佛是一个上门商品推销员。

杨太太怔怔地盯着那个包，甚至摘下眼镜端详。"除了莫妮卡修女原先背的那个包以外，"她说，"我就没见过这样的包了。这包陪伴了莫妮卡修女很多年。我记得她刚来这里的时候，就说这个包是她很久以前买的。你应该知道那是几十年前的事了，长官。"

"你能告诉我你最后一次看到她拿着这个包是什么时候吗？"麦克唐纳问道。

"这我可记不清了，"杨太太回答道，"我记得去年圣诞节，她来为孩子们的晚宴筹善款的时候，还拎着这个包。那是在布里斯托尔。"

"但是你之后就没见过了吗？"麦克唐纳问道。

"可能见过，也可能没见过。"杨太太说，"记不清了，长官。修女总是穿着那件长长的斗篷。如果她在斗篷下拎着一个包，你也不会注意的。"

"但是她买东西的时候不会掏出她的钱包吗?"麦克唐纳问道。

"不用的，长官。修女从来不用现金买东西。"杨太太说，"格雷玛亚的油和糖是本店供应的，但是修女从来不会买别的东西。每周都会有一张很简洁的订单。修女和厨师每周六会送来订单，我们会把货在周一送给过去。费用是每周用支票结的。如果漏了什么，修女也不允许儿童院的厨房当周补货，下周才会来取。修女非常严谨的。"

"她从来没有来买过邮票或糖吗?"麦克唐纳追问道。

"她一次会买10先令的邮票，"杨太太说，"大概一个月一次，都是给我10先令的支票。巴罗护士总是会拿着一张清单，所有的物品都列得一丝不苟。24张面额两个半便士的，48张半便士的，36张一便士的，总是一样。我都能记得修女要的邮票。还有那几个小女仆——那些孩子们——她们有自己的家人或姨妈姨妈夫的话，每周会给家里寄照片明信片。"

"还有糖。"后排的货架传来一个声音，"糖也是每周都会定量预购，数额都很清楚。大多是一些硬糖，圣日和节日的时候会订一些巧克力夹心糖。她是个很遵守'教会日历'的人，绝对不会忘记任何一个圣日。"

"没错，"杨太太点了点头，"糖果也和其他东西一样都会列在清单上。修女说糖果也算是孩子们的日常开销。但这些都是预订的，她不会来买东西，更别提说上话了。你要是愿意进来，长官，我可以给你看看修女给我们的清单。她的字写得真是好。"

"太感谢你了，杨太太，如果不麻烦的话我想来看看。"

她掀起珠帘，打开了一扇玻璃镶板门，带他们走进了一个闷热的小会客厅。客厅的窗台上开满了天竺葵，村里家家户户似乎都很喜欢这种植物。

"你先请坐，长官。"杨太太说，"我很高兴能有机会和你说上话。我有时候晚上想到村里人说的一些话就睡不着觉。尽是些我听都没听过的胡言乱语。不过我得先把我说的清单交给你。"

她打开了一个抽屉，拿出了整整齐齐夹在一起的一叠清单，交给了麦克唐纳。"都在这里了，长官。要是大家都这样有条不紊，我和萝茜就能省去不少麻烦了。18个人的物资开支，数额都清清楚楚：12个儿童，6个成年人——分别是莫妮卡修女，护士，厨娘和那几个小女仆，最后一张清单上还有巧克力夹心糖，那应该是仲夏节，圣约翰日，他是仲夏的圣人。这里还有总额，不要弄错了。"

"托灵顿小姐真不嫌麻烦,"麦克唐纳说,"她总是亲自
来把清单交给你吗?"

"以前是的,长官。每周六早上,雷打不动。但是从
去年开始,她变了很多。前几个月,修女总是派护士来送
清单。修女好像不想到村子里来。她会和孩子们一起出现
在菜园和田野里,也会一起去教堂;格雷玛亚的所有人都
会在周日早上一起去教堂,她们会一起吃一顿冷食,因为
修女不允许厨娘在做弥撒时工作。但是她好像就是不愿
意来村里买东西了。我听说过一些愚蠢的传言,都是些
不好听的话,都是中伤修女和她的慈善募捐的。也许她当
初的确该把这些事交给别人了。我知道修女已经大不如从
前了,虽然她自己不觉得。但是大家也不用说那么难听
的话。"

"你确定吗,杨太太?你说过什么关于修女的难听的
话吗?"

杨太太的圆脸涨得通红,但是她没有慌乱。"也许说
过吧,长官,我和村子里的所有人都多少有过摩擦。修女
是一个专横的人。她总是坚持她的方式,她会干涉一些她
看不惯的事,比如母亲联盟、唱诗班郊游和主日学校开放
日。我知道我有时候的确会对她很生气,我们的确看上去
关系很不好。我很讨厌这种政府强制要求的配额,特别

是现在物价飞涨。修女也一样，她也非常讨厌这飞涨的价格，可怜的人儿啊，她是那么谨慎的一个人。也许在她在世时，我和她有过口角，但我知道应该尊重死者，长官，我无意冒犯她。"

"我也是，杨太太。"麦克唐纳平静地说，"但我是一个警察。我们的工作只有找到真相：全部的真相。所以警方的工作基本上来说就是保护无辜的人，惩罚有罪的人。为了尊重死者而放任犯罪可算不上伸张正义，反而恰恰相反。"

"你说得没错，长官。但是你为什么这么确定我们的村子里存在犯罪呢？我不明白。"

"因为我认为托灵顿小姐是被杀的，杨太太，我的职责——你的职责也是——将杀人犯送上法庭。不管一个人受了多大的委屈，或者面临多大的威胁，谋杀永远不是正当的解决办法。"

"上帝慈悲，不需要你说，我也明白。我和你一样清楚这一点。但是你怎么知道她是被谋杀的？难道你是和皮尔警官一样仅凭猜测吗？"

"不，我不是靠猜测。"麦克唐纳平静的口吻中加了些重音，"这样说吧，你经常会称重——黄油之类的东西。你看到一个包裹，凭经验就能推测出重量。我经常判断死因。当案情扑朔迷离时，我的经验会指引我。我没有让你去说谁的坏话，但我希望你能回答几个很简单的问题。"

"我会尽我所能，长官，"

"很好。你告诉我，那个包是托灵顿小姐的。你认出来了。她出门的时候经常会带着这个包吗？"

杨太太擦了擦眼睛。泪水从她的脸颊上滑落，她的声音沙哑，但是却很平稳："她经常拿着这个包，长官。我说的是实话，她最近的确没来过村里。但是我经常会在深夜里，和她一起去照顾患病的村民。她总是随身带着这个旧手提包，还有她的护士医疗箱。但是她周日不会带这个包，而是会带上战争结束后，我们关闭红十字会室时瑞丁夫人送她的那个包。"

"你有没有看到过她背的那个旧包里有什么？"

"我看得不是很清楚。里面有一些纸张，一些老旧的信件之类的，还有她的钱、几本小册子、笔记本之类的东西。塞得满满当当的。"

"这个包沉吗？你提过吗？"

"我提过一次，我记得我还笑话她，说她是刚抢银行回来，因为那个包实在是太重了。她说里面放了钥匙，她总是会随身携带钥匙，因为那些年轻的女佣出身低贱，不值得信任。"杨太太突然不说了，接着她问道，"她遭到抢劫了吗，长官？有人在磨坊边抢走了她的包吗？"

"我想是的，杨太太。这个包被发现的时候是空的，但上面本来有一个很坚固的老式锁扣，所以我觉得应该不是自然滑脱的。"

2

"你为什么不早点上报托灵顿小姐的这个包不见了，汉娜？"

麦克唐纳正坐在格雷玛亚的院长办公室里。汉娜·巴罗一走进房间就看到那个黑色的收口手提包静静地躺在他面前的办公桌上。虽然一身浆洗的制服看上去没那么挺了，她的打扮还是和以前一样一丝不苟。但是她凹陷的双眼中却充满了恐惧，脸上的皱纹也似乎因为紧张而揉成了一团。

"不见了？这个包吗？这是个旧包，修女本来就打算把这个包捐出去。她有一个新的包，里面有修女的钱包和笔记本，已经被警长拿走了。那是我给他看的——那是个新包。"

"是的，我知道皮尔警长拿走了那个新包。"麦克唐纳说，"但是托灵顿小姐只会在周日用那个包。她不管去哪里都会带着这个包，你最清楚不过了。但是警长问起她的手提包时，你却只提了新包，对这个包只字未提。"

他像是一个校长教育学童般一字一句地问出自己的问

题，希望得到一个正确的答案。他的语气平和，没有丝毫
不耐。他觉得汉娜的心理年龄应该无异于一个12岁的愚笨
孩童。

"他没有问我啊。"她扯着手指，指关节发出咔嗒的
声音。

"他问你有没有什么东西不见了，"麦克唐纳追问道，
"你知道这个包不见了，但是却没有说。"

她沉默了很久，接着像一个有些愚笨的孩子般回答
道："如果我说了，警长肯定会觉得是我偷的。我很了解
他，他就是这么不讲道理。"她又顿了顿，接着继续说道，
"我们都知道修女随身带着这个包。我和厨娘说'修女那
个旧包不见了。'厨娘说'那不关我们的事，我们没动过那
个旧包。可能掉进溪流里了，也可能已经被他们拿走了。
但是不管怎样都不关我们的事。'我就说'是啊，不关我
们的事。如果我说修女的旧包不见了，警长肯定会觉得
是愚笨的老汉娜偷的。'他到处乱翻，用修女的钥匙把什
么地方都打开，数数这个，数数那个。他还死死盯着我
们，总是突然冒出来问我们各种问题，弄得我们都神经兮
兮的。"

麦克唐纳几乎被汉娜如同唱诗般的口音吸引住了：她
的断句停顿配上德文郡特有的元音重读，让她说的话更像
是一首古老的童谣。

"这个包里一般是放什么东西的，汉娜？"麦克唐纳问道。他突然觉得汉娜应该知道很多关键的信息。

"我们从来不清楚，长官。修女找我的时候也和你刚刚一样，'到桌前来。'或者'坐下，汉娜。'我们会站在门边听她的话，不会靠得很近。如果要我们去取什么东西或买什么东西，修女就会把钱放在桌子上，不多不少。她会让我数一遍，无非是车费、邮票或挂号信，她会说：'放进你的口袋里，汉娜，别弄丢了。'但是她从来不会打开包拿出她的钱包。'永远不要诱惑他人。'修女经常这么说，她说的是那些经不起诱惑的年轻女仆。"汉娜依然非常虔诚。

"修女在儿童院里时，也会经常带着这个包吗？"麦克唐纳问。

"不会的，长官。她只有出门时才会带着这个包。她在儿童院里会把包锁起来。我不知道锁在哪里，我从来没见过她放包的地方，大家都没见过。"

"但是她的钥匙都在包里，汉娜。"麦克唐纳竭力保持语调的平稳，他不想让汉娜看出他其实已经被勾起了好奇心。汉娜走到他身边，像一个信任他的孩子般伸出一只干枯的手，搭在了他的手臂上。

"她肯定还有备用钥匙，"汉娜说，"她从来没有提过，我也从来没见过，但是她肯定还有备用的钥匙。"

"你怎么知道?"麦克唐纳问道。

汉娜说:"钥匙环不一样。一个是铜制的,另一个是铁质的。"

这句话对麦克唐纳的冲击不亚于从孩童的口中听到惊世箴言;不过他的确也见过一些文盲,甚至一些智力有缺陷的人反而比正常人能注意到更多的细节。

"谢谢你告诉我这些,汉娜。"麦克唐纳说,"这信息很有用。你还能再帮我一个忙:我想再去看看药橱。"

"没问题,但自从你上次来看过以后,我还没碰过里面的东西。"

"那样最好,我知道你的记忆力很好。你告诉我孩子们用药的情况。你应该知道他们都吃些什么药,以及吃多少。"

"一直以来都是那几种药,我都背得滚瓜烂熟了。"她回答道,"战争刚开始的时候,孩子们开始服用鱼肝油,天知道是为什么。他们不吃明明也过得好好的。其他基本都一样,医生都开的一样的方子。他是一个很睿智的老好人,还很和气。你去村里打听打听,大家都会说他好。"

"是的,他们说的都一样。"麦克唐纳点了点头,"他们都喜欢费伦斯医生,但是他们更怀念布朗医生在的时候。"

"他很热情。孩子们从来不怕他。"汉娜说。

"听着，汉娜，你可以边上楼边告诉我布朗医生每周例行看诊的时候都会怎么做。他每周一早上都会来吧？"

"是的。周一11点整。我会早早做好准备，开门迎接并带他去医务室，孩子们也会在那里等他。"

"我去门口，你当我是医生，把我迎进来。"麦克唐纳说。汉娜点了点头，她显然很自豪能成为督察的帮手。

汉娜表演得非常卖力，将这么多年来一直重复的一套动作详细地呈现给麦克唐纳。打开前门后，她说："早上好，医生。"然后便等在门边。

麦克唐纳说："早上好，汉娜……我的帽子和手套……"（其实他手上没有这两样东西）

"还有你的拐杖。"她毫不含糊地说。她像是表演哑剧般将手上这些看不见的东西放在一张椅子上，然后说道："请上楼吧，修女已经在等你了。"

她带他走进医务室的小房间，敲了敲门后推开房门说道："医生到了，修女。"

房间里有两张椅子，汉娜示意麦克唐纳坐在其中一把看上去更加正式的椅子上。"医生这时会聊聊天气，也可能会抱怨他的风湿，"她继续说道，"修女会很礼貌地回应他——她会站到桌子边——医生就会说：'这周有什么事吗？'修女一般会回答：'一切都很好，谢谢你，医生。'然后她会把孩子们的体重表之类的东西给他，告诉他有没有身体不适而卧病在床的孩子。然后医生就会说：'让孩子们进来吧，我看看他们。'然后我也会走到门边，孩子们早就在门口排好队了。他们会走进来，围在桌子边。修女会一个一个报他们的名字，先是女孩，再是男孩。我会带着孩子们向医生问好。他会走到一个孩子面前说：'把你的舌头伸出来，孩子，今晚修女会给你点好吃的。'不过他指的其实是格列高利氏散，那种药的味道可不好受。然后我会安静地把孩子们送到楼下，厨娘早已准备好牛奶和一些吃的。如果有孩子病卧在床，我会带他们上楼。修女和医生会进房间看孩子，我也会在门边等候。接着我会带他们下楼。如果我们需要药物和石膏之类的东西，医生会给我们开处方，再将处方交给修女抄写，然后医生会说些村里发生的事——比如谁家生了孩子，还有那些被他称为'亲爱的老家伙'的那帮人，最后他总是会说：'不东拉西扯了，汉娜肯定还要继续工作呢。要是没有她带路，我可找不到下楼的路。'冬天的时候，他会说：'搀我一把，汉娜，亲爱的。我的风湿病越来越严重了，你们两个女人把地板打了那么多层蜡，迟早会害死我。'然后我会扶着他下楼，把他的帽子、手套和拐杖交给他并说：'早安，医生，谢谢你。'每次都是这样。"

"谢谢你，汉娜。"麦克唐纳说，"你的记忆力很好。布朗医生开方子补充药品的时候会查看药橱吗？"

　　汉娜似乎对自己有些失望，她的眉头紧皱："我忘了提了。医生经常会取笑我们的药橱：'这些都是陈年老药了。'他会说，'格列高利氏散、泻盐、药鼠李、小苏打、氯酸钾、氨奎宁、鱼肝油和蓖麻油，都是些古老的药，但效果就是很好。'"

　　她颇为自得地报出这一连串药名。据后来麦克唐纳对里夫斯所说，这一串药名让他后背阵阵发凉。他自己小时候也被灌过这些药，他最害怕的就是氯酸钾片，那种味道让他恶心。他站起身，从口袋里掏出钥匙，打开了药橱。那是一个高大的双门内嵌式壁橱。右边放置着一些"好用的老药"，还有一些药杯、抛在消毒液杯中的体温计、甲基化酒精、搪瓷盆、几卷绷带和棉絮、硼砂粉和石碳酸软膏。所有的瓶子都非常干净，擦得锃亮，架子上连一滴污渍都没有。壁橱的另一边锁得严严实实的。有一格架子又额外加装了一道锁，还贴了一个"毒药"的标签。麦克唐纳打开柜门，仔细查看：里面有几瓶消毒液、樟脑油和利眠宁——还有一瓶阿司匹林。汉娜指着阿司匹林说：

　　"修女从来没有用过。那些女仆们如果头疼之类的都会吃阿司匹林，但是修女从来没有吃过。不过如果我们发现她们自己外出时私下买这种药，修女就会没收。她经常会去她们的房间，她们总是把东西藏在你根本想不到的地方。"（后来麦克唐纳向里夫斯复述的时候，里夫斯气得说:"真不知道这女人为什么现在才被淹死——那些可怜的姑娘们啊。")"修女总是锁着这个柜子,所有的药品都得由她亲自分发。"汉娜补充道。

"托灵顿小姐自己用的药也放在这个橱子里吗?"麦克唐纳问。

"这可不好说,长官。她自己的房间里从来没有药,但如果她把药放在这里,那肯定放在上锁的那个架子上。她也不会当着我的面轻易打开这个药橱。她从来不会让我看到她吃药的样子,因为她总是以自己从来不生病为豪。"

麦克唐纳把标着"毒药"的柜子和药橱的大门都拉开。

"那瓶白兰地是什么时候不见的,汉娜?"他淡淡地问道。

她摇了摇头:"我不是很清楚。我都是实话实说,没有隐瞒。你也很和气,对我很和善。但是她不经常打开那个柜子,所以我不清楚里面的东西。我只是知道里面有一瓶酒,放了好几年了。修女说:'因为酒是邪恶的,汉娜。如果我不把它锁起来,也许就会诱惑那些软弱的可怜人。'这里面肯定本来放着一瓶酒,但是警长之前打开柜子的时候却发现已经不见了。我不知道那瓶酒消失多久了。"

　　她的手抓起围裙，不安地揉搓着。她的表情看上去像是一个焦虑的孩子："这是……修女头晕的原因吗，长官？"

　　"你为什么会这么认为，汉娜？"

　　她继续绞弄着围裙："她最近变得很奇怪。她原本一直很严厉，虽然语气和善，但是她的心总是和石头一样坚硬。可是最近这几个月，她变了。这是真的，她变得很可怕。我也说不上为什么……"

　　"你什么时候开始觉得她喝了那瓶白兰地？你说你是在皮尔警长打开药橱后才知道白兰地不见的。"

　　"是的，皮尔警长打开后，我才看到这瓶酒不见了。"

　　"你看到这瓶酒不见了以后就觉得是被修女拿走了吗？"麦克唐纳的语气还是很平和，甚至还有些轻松。汉娜小步走到他身边，干瘪的手抓住他的外衣，用一种甚至有些孩子气的眼神看着他。她的眼神变得不一样了，半是狡黠，半是疯狂。愚蠢的自满已经转变为急不可耐。麦克唐纳的脑海里突然闪过一个念头："她要告诉我是她杀了那个女人。"

　　然而汉娜却只是小声地说："我去扶她的时候闻到过酒气，"手指依然紧张地揪着麦克唐纳的外衣，她的语气也急促了起来，"我很久没闻到过酒气了，那都是好多年前的事了。但是我熟悉那种味道。我爸爸经常喝得醉醺醺的，那时候我们住在布里斯托尔的码头边，很穷……很穷。那时的我又冷又饿，他喝醉的时候就像个疯子。他会像打一条狗一样打我妈妈。我闻到过他呼出的味道。我本来都忘记了。这么多年来我再也没有闻到过，但我去扶修女的时候，一下都想起来了。"她的呼吸越来越急促，几乎要哭出来了。她的手依然抓着麦克唐纳的袖子，艰难地继续说道："这么多年来，我从来没有回忆过那些事。我把那一切都抛到脑后了。自从他用拨火棍敲向妈妈的后脑之后，我就再也没有闻到过那股味道：他杀了她，可怜的老太婆啊……还有我……"

她的声音越来越微弱，喉咙里传出抽噎的声音。接着她似乎放下了什么，发出一声巨大的悲鸣。她尖利的哭声一阵接一阵地回响在儿童院里。她的手依然紧紧抓着麦克唐纳的袖子。

第十五章

1

厨娘慌慌张张地跑上楼。她沉重的脚步踏在油地毡上，整个楼梯间似乎都在震动。汉娜的哭声才慢慢平息下来。

"上帝啊，怎么回事？"她一打开门便大喊道，"听上去简直像是一个遭受酷刑的人。上帝保佑，你对她做了什么？"

麦克唐纳把汉娜扶到椅子上坐下。她面如土色，在椅子里蜷缩成一团。她双眼紧闭，大张着嘴巴，泪水依然像断了线的珠子一般划过脸颊。麦克唐纳将手搭在她瘦削的手腕上把了把脉，发现汉娜没有晕过去。她刚刚的哭喊用尽了全身的力气，现在只是筋疲力尽了。她的头以一种奇怪的姿势歪在一边。她像一个孩童或精神错乱的人在经历了极度的兴奋后，会疲惫不堪。她依然在啜泣。

"我没有对她做什么。她说起了她妈妈的死，然后就歇斯底里了。"麦克唐纳说，"我还是把她送到楼上她的房间里，找医生来看看她吧。"

"天啊，她看上去糟透了，"厨娘说，"我们最好给她拿点东西——白兰地之类的？"

"你有白兰地吗？"麦克唐纳说。

她白了他一眼："你是说在儿童院里？当然没有了。但是我可以去找巴拉康先生。修女不会允许酒水出现在儿童院里。"

麦克唐纳抱起瘦削干枯的护士："你去楼上帮我打开她的房门。她现在需要的不是白兰地，而是能让她镇静下来的东西。"

厨娘转身踢踢踏踏地往楼上跑去。麦克唐纳跟在她身后，走进一个几乎和监狱牢房般空空荡荡的房间，将汉娜放在床上。

"给她盖上毯子，再拿一个热水壶来。"他说，"但先别给她吃什么药。我去给医生打电话。"

"她看起来真是糟透了。"厨娘嘟囔道。

麦克唐纳回到楼下的院长办公室，拨了费伦斯的电话号码："是费伦斯医生吗？我是麦克唐纳。你能马上来一趟格雷玛亚吗？"

"格雷玛亚？你得找布朗医生。"

"不，我要找你。请你马上过来。"

费伦斯一边抗议"天啊……这是怎么……"，一边挂断了电话。但过了两分钟，他已经拎着医疗箱，敲响了儿童院的大门。

"汉娜·巴罗。"麦克唐纳说，"她说着说着突然开始尖声哭喊，现在筋疲力尽了。我把她送到卧室了。你知道怎么上去吗？"

"不知道。我从来没进过这个儿童院。你也知道，她不是归我管的病人。"

"你和我说过。我找你来是因为我觉得这种情况下找你来更合适。"麦克唐纳一边带他上楼一边说，"我看了看这里的药橱，有了别的想法。"

费伦斯突然停下脚步："你的意思不会是……"

"不，不是。"麦克唐纳马上说，"她大哭大喊，只是累坏了而已。给她点溴化物，或者任何能帮她镇静下来快速入眠的东西。等你处理好了以后，我会全部告诉你。"

汉娜·巴罗的身上盖着一张灰色的毛毯（属上好的"政府补助"），她的睡帽只盖住了一只耳朵。她一边抽泣，一边死死抓住毛毯。厨娘正站在床边。

"你回来了就好，我的神经都快受不了了。"她一见到麦克唐纳就赶紧说道。

"你给这些热水壶都灌好水了吗？"麦克唐纳问道。费伦斯也跟在他身后走了进来。

厨娘死死地盯着费伦斯："应该找布朗医生来，"她坚持道，"她是布朗医生的病人。"

"这次我代布朗医生来，"费伦斯轻快地说，"你去照总督察说的做，把这些热水壶都灌满。他现在比你冷静。"

厨娘大声吸了吸鼻子，跟着麦克唐纳往门边走去。

"我们没有热水壶，修女从来不需要。暖炉就……"

"那就去找费伦斯太太借两个热水壶，"医生大声说道，"快一点。"

2

"这就是汉娜·巴罗的一生。"麦克唐纳说。

他和雷蒙德·费伦斯一起坐在格雷玛亚的院长办公室里。窗户开得很大，盛夏的芬芳和蓝色的香烟烟气混杂在一起，让这个冰冷的房间似乎有了一些生气。

"也是个可怜人。"费伦斯无奈地说。

麦克唐纳点了点头："是啊，这种故事总是令人难以忘怀。不知道她母亲被杀的那段记忆是否因为她当时过于惊惧，而一直封存在她的记忆深处。那段记忆被压抑深埋在她的心底，就像藏在伤疤下依然受损的组织。"

"这当然有可能了，"费伦斯说，"正是这种封存在潜意识里的记忆才会突然摧毁一个人。但我想你应该对心理学上的东西没有兴趣吧？"

"我不是没有兴趣，只是不想执着于此，我现在的态度还是一样。"麦克唐纳说，"但是我认为汉娜在向我叙述的时候，触发了她回到那恐怖时刻的开关。那一刻，她不再是格雷玛亚的巴罗护士，只是一个布里斯托尔的可怜小孩。她在恐惧和痛苦中说：'可怜的老太婆。'这是一个古老的词汇，也是一个难听的词。受人尊敬的巴罗护士绝对不会说出这种词。"

费伦斯点了点头："你说得可能没错。她的讲述让她自己崩溃了，典型的表现就是这种无法抑制的哭泣。"他一时没有说话，看向了窗外。过了良久，沉默被窗外的一只站在山毛榉树顶的画眉鸟打破了。

"你应该知道儿童院长的死到底是怎么回事了吧？"费伦斯突然问道。

麦克唐纳点了点头："是的。心理学就是关键。所以我才说我不想执着于此。但如果你想先说说你的看法，我愿意洗耳恭听。"

"我最关注的是那瓶失踪的白兰地。"费伦斯慢慢说道，"让我们从头说起。一个在码头边长大的穷孩子，天天遭到虐待，营养不良。她的父亲成天醉醺醺的，还用拨火棍杀死了她的母亲。这个孩子被送到了孤儿院。根据五十年前的社会背景来看，她应该受到了妥善的照顾。他们肯定也不会让她再提起这段回忆。这一切就如你说的那样，被压抑了。据你所说，她第一份工作是在一个还算体面的家庭里。女主人经常会打她，虐待她，还会让她挨饿，但是那段时期肯定没有酒精的问题。虽然有些孤儿院对于工作人员的筛选会有疏忽，但绝对不会出现酗酒的员工。"

"你说得很对，"麦克唐纳说，"那个家的主人滴酒不沾。"

"很好。汉娜把折磨她的人从楼梯上推了下去，那个女人摔断了脖子，她也因此进了监狱。于是，她便一直待在监狱里。用现在的词来说，她一直在'改造'。接着，她来到了格雷玛亚。20年的起早贪黑和辛勤工作为她带来了满足感。现在的汉娜受人尊敬，她是巴罗护士。她的生活很有规律。她被教导要日复一日，年复一年地重复做着同样的事。她被训练成这样——她可以按照儿童院长的标准完成这些事，我想她自己肯定也很乐于这么做。你觉得我说的对吗？"

"全都很对。"麦克唐纳说。

"很好。别忘了，这个孩子自从看到她喝醉酒的父亲杀死她的母亲以后，就再也没有接触过酒后暴力——直到她再一次看到莫妮卡修女喝了酒。她看到了，还闻到了这罪魁祸首——这打开了她大脑里的开关。她记起了上一次的场景。后来发生的事连她自己都不记得了。她的父亲打了她的母亲，而汉娜也重蹈覆辙了。"

费伦斯停了下来，点燃了一根香烟，然后继续说道："我不是专业的心理学家。虽然你持怀疑的态度，但你可能比我更加了解这个问题。你们有专门研究暴力犯罪的心理学家。我知道我说的话不会改变你的看法，但我还是建议你找一名心理医生。"

"我肯定会找的，"麦克唐纳说，"我敢打赌汉娜一开口就会告诉他们，她是如何杀死莫妮卡修女的。她在哭喊之前，我就以为她要向我坦白了。但是她却告诉我，她的父亲是如何杀死了她的母亲。看来她的认罪要推迟了。她现在状况怎么样了？"

"她没事，已经睡熟了。我会确保她好好睡上一觉的。她的身体还是很强壮的。"

"她歇斯底里后，脉搏跳动依然很有力。"麦克唐纳说，"她不会因为这种精神崩溃而死的。"

费伦斯静静地坐了一会儿后开口道："你觉得是她干的吗？"

麦克唐纳说："你是说我认为是汉娜·巴罗杀了莫妮卡·艾米丽·托灵顿吗？我一直在小心避免问你这个问题，费伦斯医生。我让你根据你在心理学过程上的经验，聊聊你认为可能发生的事。你梳理了从过去到现在发生的事，说得很中肯。我同意。然后你做出了两个在我看来还未能得到证明的假设。我的职责就是要证实这些假设。在我证实之前，我不会回答你的问题，或者问你这样的问题。"

费伦斯没有说话，那只画眉鸟依然站在树顶唱着歌。

过了好一会儿，费伦斯开口道："两个假设？"

"是的，两个。"

费伦斯站了起来，"我回去好好想想。这里还需要我的帮助吗？如果有必要，我可以让我的妻子今晚住在这里陪着她。"

"谢谢你的好意。如果这里还需要帮助，我会告诉你的。不过，你觉得她能安稳地睡上一整晚吗？"

"当然了，她动都不会动一下。等她醒来，你可能会发现她已经忘记了今天发生的一切。这种情况也很常见。"

"是的，我知道。"麦克唐纳说。

3

费伦斯离开后，麦克唐纳来到了汉娜·巴罗的房间。护士已经睡熟了。她灰白的头发扎成两束，靠在皱巴巴的脸颊边。一双骨节分明的手静静地搭在灰色的毛毯上。艾玛·西格森正坐在她的身边，将脸埋在一块大手帕里哭泣。

麦克唐纳站在门边，轻轻地说："跟我下楼吧，西格森太太。汉娜没事了，她已经睡熟了。"

老厨娘站了起来，满脸愁容地往门口走来："她会死吗？"

"不，她明天早上就没事了。她刚刚只是突然情绪激动。我知道你们都承受了很大的压力。跟我下楼吧，我想问你一两件事。"

他想带她去办公室，但艾玛·西格森在门口猛地后退了一步："我不进去，我受不了这个地方，总是让我毛毛的。"

"好吧，那我们就去厨房。给你自己泡一杯茶，给我也来一杯。"

艾玛惊讶地看了看他，很快便一脸轻松的样子："没问题。只要有一杯茶，什么问题都能解决。你确定她会没事吗？"

"是的，我会锁上前门，关上所有的窗户。你去烧水吧。"

几分钟后，麦克唐纳和厨娘一起坐在一尘不染的厨房里，面前放着一个茶壶。他等她喝下第一口后问道：

"厨娘，我不会问些让你烦恼的问题。汉娜的事已经过去了。我想问你，托灵顿小姐从楼梯上摔下去是怎么回事？"

"她头晕，可怜的人啊。"厨娘的回答在意料之中。

"那是什么时候？是周几？"

"是周日，她去世前的那个周日。就在正餐后，应该是下午2点，我刚洗完我的锅。"

"那你当时就在这个厨房里？"

"我在那边的餐具室里。多特和爱丽丝洗完碗后正在洗手。老天啊，我只听到一声巨响！我还以为屋顶塌了呢。"厨娘越发来了兴致，"我冲到走廊上，看到她摔倒了，正坐在最后一个台阶上，汉娜也在她身边。"

"托灵顿小姐看上去很痛苦吗？"

"她看上去很不对劲，我觉得不奇怪。她刚从楼梯上摔下来，楼梯那么陡呢。医生也说过好几次，这楼梯迟早会摔死他。他总是让我们别给楼梯打蜡。"

"托灵顿小姐从楼梯上摔下来时，脸色苍白吗？"

"没有，她的脸色还是很红润。我当时以为她中风了，其实没有。她好端端地站了起来，还说：'我没有受伤，厨娘，回去干活吧。'然后她扶着汉娜，回到了办公室里。下午茶的时候，她看上去已经没事了。"

"那已经是她第二次摔倒了吧？第一次呢？"麦克唐纳继续问道。

"那是两天前的周五。早餐后，孩子们都在楼上。修女给他们喂了鱼肝油，他们要一起去花园。多特和爱丽丝在打扫餐厅，汉娜在收拾医务室。修女去盥洗室洗了手，在楼上的走廊里摔倒了。她说是地板上有什么东西——可能是孩子们丢的肥皂。我还说：'最好还是找医生来看看，修女。你摔了好一跤，我们可都不年轻了。'但是她不听我的。她让汉娜去自己的包里拿止痛药，好像是什么盐。"

"嗅盐？"

"是的，那个效果很好。有一次我的手指夹伤了，修女就给我用了那种东西。我咳个不停，但是效果真的很好。汉娜就给她用了几滴，让修女好过了不少。不过她还是回到床上躺了一会儿，我还是头一次知道修女也需要卧床休息。她本人可是从来看不起柔弱的人。"

"布朗医生告诉我，托灵顿小姐的身体一向很好，但是他觉得最近几个月，她的身体状况每况愈下。除了这两次摔倒以外，你有没有注意到她身体有其他不适？她会不会突然不知道该做什么，或者突然糊涂，不知道要说什么？"

"从来没有，"厨娘说，"私下告诉你，长官，修女很会说话。只要她说话，大家都会听。她说话也和你一样简单明了，而且非常敏锐，有洞察力。她走路和猫一样轻巧，脊背总是挺得和通条一样笔直，她是个守旧的人。"她停

顿了一下，若有所思的样子，"她从来不会博取任何人的
同情。如果她身体不舒服，也从来不会说出来。也许她的
肠胃不好，因为她越来越不爱吃东西了。她原本吃的就不
多，但最近几乎每次都只吃几口。汉娜说过：'修女都不
吃东西了。'汉娜和她一起在餐厅吃饭。我和多特、贝茜
和爱丽丝都是在厨房吃饭。"

"不少人告诉我，托灵顿小姐这一年来变了很多。"

厨娘闻言连连点头："是的，她变了很多。她以前是
一个很严厉的人。我还记得她以前阴沉的样子。她对南
茜·比尔顿就很严厉：'我可以拯救她。'修女也是努力这
么做的，但是失败了，你应该明白我的意思，修女彻底失
败了。然后村里就有流言说是因为修女失败了，那孩子才
会跳河自杀的。原本村里的人都很尊敬修女。可能大家一
直觉得她太阴沉了。但是摔下楼梯和头晕应该是因为她眼
睛不好，长官。她不愿意戴眼镜阅读什么的。她摔下楼梯
就是在她不戴眼镜阅读以后。"

"但你说她是正餐后摔倒的。"

"一样的意思。修女总是在餐后给孩子们念一章书。
她说让孩子们静坐一小会儿对他们有好处。修女给他们念
书的时候，一根针掉在地上的声音都听得到。她是个那么
好的女人。"

4

厨娘拿起在老式炉灶上鸣响的水壶，往茶壶里注满了水。她又满上了麦克唐纳和她自己的茶杯。她显然已经把先前的难过放在一边，开始享受这种家长里短的氛围。麦克唐纳不动声色地继续问着问题，似乎也很喜欢这种平静的谈话。

"药剂师送药来的时候，药瓶都装在包裹里吗？"他问道。

"那当然了。修女和他们说得很清楚，所有包裹都直接送到她说的那个医务室，然后修女会打开包裹，把药品都收起来。修女总是随身携带药橱的钥匙。"

"那空的药瓶呢？"

"我会先把瓶子和软木塞都洗干净，然后送回给药剂师。"

"最近这几周有没有送还过药瓶？"

"没有。已经很久没送过了。最近生病的孩子不多，夏天到了，孩子们也不用吃鱼肝油了。"

"布朗医生说他最近为托灵顿小姐定了一批药，但是我在药橱里却没有找到，你也说没有送还空瓶。"

"的确没有，药剂师会证实我说的话。但如果这是给修女开的药，那就不一样了。她不喜欢让任何人知道她私人的事。去年冬天，我看到医生给她开了些咳嗽的药。汉娜也听到医生说，他会把药送来。但是我从来没见过标有修女名字的药瓶。她肯定自己撕掉了标签，洗刷了药瓶。她就是这么古怪的人，神神秘秘的。"

"药瓶要送回去时都会放在哪里？"

"总是会放在后门的箱子里。药剂师的学徒知道该去那里取。不过现在箱子里什么都没有。"

麦克唐纳没有说话。他喝完了杯中的茶后换了一个话题："我刚刚在问汉娜关于托灵顿小姐随身携带的那个旧包。"

厨娘飞快地瞥了他一眼："修女的旧包？你找到了吗？我记得修女每次出门都会带着那个包，那简直就像是她身上的一部分。"

"你当时为什么不早点说出那个包不见了？何况你还知道托灵顿小姐总是会带着这个包。"

"没人来问过，而且这种事也轮不到我来说。"她激动地表示反驳，接着又似乎对自己刚刚的失态有些懊悔，放缓了语气，"就是这样的，长官。皮尔警长在南茜·比尔顿死了以后就一直来盘问我们。我本来就很讨厌南茜·比尔顿，她就是一个讨厌的负担，甩都甩不掉。我可从来没有希望她遭殃。但是警长会记下我们说的每句话，扭曲我们的意思。那次我就学乖了——只要没人问你，就永远别多嘴。至于修女的那个旧包，很可能在修女摔进溪流里的时候，跟着她一起掉进水里了。他们要是想找的话就去河里找吧。汉娜当时因为这事来找我的时候，我就是这么说的。我要她绝对不能和警长提起这件事。他会说是我们偷的，这帮警察都这样。他就是一个大嘴巴的臭小子，才会怀疑我们这群老好人。"

她收拾好茶具。站了起来，双手叉腰，继续滔滔不绝地说了下去。

"你可不要把我们的汉娜逼得太紧，长官。她有时候就像个孩子，只会起早贪黑地干活。汉娜除了有点孩子气以外，绝对没有任何坏心眼。但是她会把任何事都记在心上。要是你觉得磨坊那儿的事是汉娜干的，那才叫坏心眼。"

"我想我们可以避免这种情况。"麦克唐纳说。

"我可不敢说。你为什么不能做些什么，长官？修女就是头晕了，摔了下去。我觉得就是这么简单。你来这里问话也没法让修女回来了。"

此时的麦克唐纳很想开口问她："你希望修女回来吗？"也许艾玛·西格森感受到了他这种不敬的想法。她拿起茶壶，继续说道："虽然我们可不能质疑上帝的安排。等你在这里调查完了，长官，来和我说一声，好让我把门锁上。我可不想今晚再出什么意外了。"

第十六章

1

麦克唐纳离开厨房后，回到了办公室里。里夫斯正在办公室里埋头写报告。麦克唐纳让艾玛去厨房烧水时，先让里夫斯进屋后再锁上了儿童院的门窗。

麦克唐纳说："接下来这个儿童院就交给你了。我待会儿再回来——11点左右到菜园门口。汉娜已经好好地上床了。"

"我会来开门的。"里夫斯漫不经心地回答道。

电话突然响了。麦克唐纳先打开门大喊："西格森太太，没关系，我来接。"然后关上门，接起了电话。是布朗医生。

"汉娜·巴罗怎么病了？如果她病了，怎么不打电话来找我？"

"我打给了费伦斯医生，因为他住得更近，先生。她当时看起来很糟糕，不过现在已经没事了。我正要去找你呢。"

"现在谁在照顾汉娜？我告诉你，我很不满意。这地方越来越没规矩了。"

"西格森太太在，先生。她很可靠。"

"可靠？你怎么知道谁可靠？"电话那头的老医生大喊道，"所有人好像都失去理智了！你刚刚说你要过来找我？"

"是的，先生。我五分钟后就到。"

麦克唐纳挂掉电话时，老人还在咕哝些什么。

麦克唐纳向里夫斯点了点头，离开了办公室，没有关上身后的门。他先往厨房走去。一路上就已经闻到了煎鸡蛋和培根的香气。

"西格森太太？"他叫了一声，没有人回应。于是他走进厨房，发现艾玛正在煎锅前忙碌。"我要出去了，西格森太太，"他大声说道，"你要和我一起在儿童院外转一转，确认没有异常吗？还是说我去看看就行了？"

"谢谢你，长官。你去看看就行了。我先给自己做些吃的当晚餐，然后就去陪汉娜。等你走后，我会闩上门，不会放任何人进来的。"

"很好，你可以把其他门也闩上，我回来后会叫你。"

麦克唐纳认真地查看了每个房间。里夫斯也在屋里，但麦克唐纳却没有看到他。没人比他更擅长猫抓老鼠的游戏了。汉娜依然静静地躺在床上，呼吸平稳。不过她的脸色已经恢复了正常。艾玛·西格森给她细心地掖好了灰色的毛毯。她的手也有了血色，软软地搭在毯子上。

麦克唐纳回到楼下的办公室，拿起他的公文包和里夫斯整理出来的报告后往楼下走去。艾玛·西格森正在前门等他。

"虽然这还是很困扰，"她说，"但如果一定会有警察来我们儿童院，那我宁愿是你。无意冒犯，长官。"

"没有关系。"麦克唐纳说，"你也赶紧上床好好休息吧，晚安。"

他转过身，夏日的花香扑面而来，身后也传来一声似乎有些刻意的闩门声。夕阳给米勒姆摩尔蒙上了一层更加独特的魅力。玫瑰和土墙懒懒的沐浴在金光里。金黄的茅草与突兀的石块都隐没在忍冬和月季的花海中，构成了一幅色彩艳丽，又香气扑鼻的风景画。

2

"你怎么就不肯放过汉娜？"老布朗大声诘问道，"我知道她是一个不稳定因素，她的心智像个孩童，但她是一个善良的老女人。你觉得你能让她上庭作证吗？我觉得不可能。她的心智都没有发育完全，我不会任由你这么操纵她。"

"没有人要操纵她，先生。至少我肯定没有。"麦克唐纳耐心地说，"我也觉得她的心智没有发育完全。她学不会写字认字，但是她能学会每天做一样的事，还能做得很好。因为她的世界很狭小，她能死记硬背下学到的每一件小事。她还能注意到任何细微的不同之处。我觉得她说闻到托灵顿小姐身上有酒气可不是撒谎。"

"我从来不觉得她会撒谎，"老人喊道，"这信息对你来说有什么用？你已经拿到你的法医报告了，我也告诉你那瓶白兰地的事了。你说那瓶酒不见了，你以为一瓶酒能跑去哪？难道还能是汉娜·巴罗喝的不成？"

"我不觉得。"麦克唐纳说。

"那你还需要什么证据？要是你把你目前收集到的证据给陪审团，你觉得他们还会不满意吗？"

"我的职责不是让陪审团满意，收集所有事实不是为了交给陪审团，而是交给我的上级和检察官。现在，还有很多尚未得到解答的谜团。"

"你觉得汉娜·巴罗能为你解答吗？"

"不能解答，但她给我提供了一些有趣的事实，希望你可以帮我找出答案。"

"我一直在努力配合你的工作，"布朗医生回答道，"你有什么问题？"

"你告诉我，你最近给托灵顿小姐开过药——镇静剂和消化用药。"

"是的，我还告诉你她应该把这些药都倒进了下水道里。"

"她没有那么做。尸检报告发现她体内有铋……"

"我知道。上帝啊，你现在要告诉我这个女人是被毒死的吗？"老布朗大喊道。

"不，先生，她是先失去了意识，或者因为脑后一击而失去了行动能力，然后淹死的。但是她既然服用了你开的药，我不明白我们为什么找不到药瓶，或者剩余的药物。你可能觉得这只是一件无关紧要的小事，但我不觉得。这是一个需要找到答案的谜团。"

"你肯定知道该怎么做，"老人叹了一口气，"说实话，我不知道你想问什么，但我会尽力帮助你。我两周前给她开了药。那些药应该能吃一星期。一周前，我在没有征询修女意见的情况下又给她开了同样的药，你可以去问药剂师。"

"是的，先生。我已经去证实过了。那这么说来，第二批药应该还会有些剩下——大概三天的量。但是我却找不到药瓶。原本负责清洗药剂师回收药瓶的西格森太太对此也一无所知。"

"好吧，好吧，"布朗医生嘟囔道，"你还真是全都问了个遍。你是一个很负责的人，总想把所有事情都查清楚。

这种态度很值得赞赏。你来这里查案多久了？告诉我。"

"昨天中午开始的，先生。"

"那也就一天半吧？你以为你已经了解了莫妮卡修女的一切怪异和逾矩之举。我告诉你，这个女人像蚂蚁洞一样复杂。她有她自己独特的理念，其中一个就是：健康的身体源于忠贞的信仰。她会向身边的所有人推崇，她经常说：'保持健康要靠意志力。'给她开药就等同于侮辱她。我给她开药的时候就没觉得她会服用，但你说她其实吃了那些药。好，我相信你，但我告诉你，她绝对不会让任何人看到她吃药，儿童院里肯定没人知道她在吃药。"

"我知道，"麦克唐纳说，"汉娜说她的性格就是这样。"

"的确。我可以向你保证，你心心念念的药瓶肯定就在儿童院的某个地方，不过绝对不在药橱里。唉，绝对不可能的。汉娜·巴罗虽然是个文盲，但她熟知那个药橱里每个瓶子、管子和盒子的大小、颜色和形状。20年来，她早就已经牢记于心。莫妮卡修女不会把自己的药放在汉娜能看到的地方。"他伸出一根手指，指着麦克唐纳，"你肯定要告诉我，你已经搜遍了整个儿童院，你和你带来的那个年轻人……"

"不，先生。我没想那么说。我还没来得及搜查整个儿童院。我一直在忙着找和本案相关的人员，我们一般称他们为联系人。"

"你还是一个很坦诚的人。"老人说,"我没有贬低你
工作的意思,总督察。难以想象你来这里以后,已经在短
短时间内查到了那么多信息。这真是让我们大家都像是一
群彻头彻尾的傻瓜。但是如果你执意要找到这些药房的药
瓶,那就去找吧。她肯定把这些药瓶藏在某个地方了。她
很喜欢藏东西。她会把东西藏在放床单的柜橱、衣柜、缝
纫室、杂物柜等任何让她觉得堆满杂物、易于藏东西的地
方。你要找出药瓶肯定是个大工程,但是只要你有心找,
肯定能找出来的。如果你今晚就要找,那我只能祝你好运
了。那个地方的电线排布很乱。院长先前提议不要在柜橱
和缝纫室之类的地方安装电灯。她总是这样小事精明,大
事糊涂——要装电灯的地方不就是因为没有窗户吗?"

"我会等明天早上再说,那时候阳光最亮。"麦克唐纳
说,"至少我今天晚上是不想再去儿童院打扰他们了。在
我看来,西格森太太能照顾好汉娜。"

"在你看来,"老人疲惫地说,"看来我们只能相信你的
判断了,虽然你肯定不相信我们。如果你用白纸黑字把你
查出来的事都写下来——该死,那肯定能写上满满当当几
大张纸。你找过瑞丁夫人后,我也去见了她。看来她也明
白莫妮卡修女不是一个值得尊敬的人物了,但毕竟这个女

人兢兢业业的在这里工作了大半辈子。还有汉娜——原来是个囚犯？我告诉你，汉娜也是一个很宝贵的人。但是结果呢？因为莫妮卡修女拿着那瓶白兰地晕晕乎乎地摔进了河里，你就怀疑汉娜肯定知道些什么，但我怀疑是西格森想要杀死汉娜。这真是要把我们都逼疯了。"

"我觉得西格森太太应该不可能想杀死汉娜。"麦克唐纳淡淡地说。

"为什么？这都只是你的猜测，对吧？很抱歉，总督察。我是一个老蠢蛋，但是这些可怕的事真心让人痛苦不堪，我不想再继续聊下去了。我要上床休息了，就不打扰你工作了。但是请你不要觉得汉娜·巴罗是主谋。我知道你没有理由相信我们的判断。我承认你戳穿了我们很多人性的弱点，对我们的想法不屑一顾。我们连眼皮子底下的事实都看不清——是格雷玛亚的院长拿走了那瓶白兰地。这才是这个案子的关键，而不是你成功挖掘出的'曾经的丑事'。那个女人酗酒，我居然一直都没有发现，这才是最让我难过的。你说连汉娜都注意到了——而我却没有。我真是一个老蠢蛋。"他自嘲地哼了一声，"难怪汉娜崩溃的时候，你找了费伦斯。你的决定很对。但也正是这个决定深深地打击了我。连汉娜歇斯底里了，你都不愿意来找我。"

"我只是根据当时的情况做出我认为最佳的判断。"麦克唐纳的语气依然没有起伏,"好了,先生,我也该去写报告了,那就晚安了。"

3

麦克唐纳离开布朗医生的家后便往磨坊走去。老布朗的家在河谷下游,离村庄只有四五百米。葱郁的草地在夕阳最后的一点余晖下闪着光芒。麦克唐纳顺着摩尔的农庄和磨坊之间的小路穿过了那座木桥,走到了通往庄园大宅的那条陡峭小径上。当他快走到坡顶时,看到一个老妇人正向他走来。他侧身走到道路的一边,给她让出道来。然而她却停了下来,并问道:"晚上好,你应该是麦克唐纳总督察吧?"

"是的,女士。"

"我叫布雷斯韦特。我很想和你聊聊。这几天我一直不在家,听说莫妮卡修女的死讯后,简直让我惊呆了。"

麦克唐纳第一眼就对这个表情坚定理智,声音轻快的女人有些好感。他看了看四周,她马上说道:"这个地方不方便谈话。我和你一起走到坡顶。庄园边有个能坐下好好聊天的地方。"

"没问题。"麦克唐纳说。

她回头迈着平稳的步伐往坡顶走去。两人一路都没有说话，走到头后，她便往右转，带他来到了一张花园长凳前。这里能看到远处的山谷和荒原的风光。她掸了掸椅子上的灰尘便坐了下来。

"那个坡道很陡，总督察。随着时间的流逝，每天我都会觉得那个坡道越来越陡了。总有一天，我会爬不上那个坡道了。"她转过头，看着麦克唐纳在她身边坐下，继续说道，"我不该浪费你的时间，但我去找过瑞丁夫人了。她语无伦次的，都把我说糊涂了。我希望你能告诉我真相。很多年来，莫妮卡修女就是美德的化身。现在她死了，又变成了邪恶的代名词。"

"你愿意告诉我你对儿童院长的看法吗，女士？"

"这……可有点难办。我不喜欢说死者的坏话。但我不喜欢她是肯定的。她用谦恭的外衣，遮掩了她自私又霸道的本性。她有些不正常，甚至有些病态。她还是一个恶毒的长舌妇，喜欢偷听，还喜欢揪住别人的把柄不放。我老早就知道了，但是……你真的觉得她是被人谋杀的吗？"

"这只是我的看法，"麦克唐纳说，"我没有确凿的证据。"

她静静地想了想，继续说道："我找完瑞丁夫人后，就一个人坐在这里，想弄明白一切到底是怎么回事。我不是一个聪明的女人，但我是一个有常识的人。我在这个村子里住了很久，也熟悉村里的人。我两年前就想让委员会停止雇佣莫妮卡修女。这不仅仅是因为我觉得她年纪太大——虽然她的确是个不懂变通的人，早就不适合继续照顾孩子们了——更因为我觉得她变了。她的性格已经扭曲成一种我难以描述的样子。以前我只是不喜欢她，但最近，我甚至有些害怕她。"

她没有接着说下去。麦克唐纳说："你说的和村里其他人说的一样。儿童院长变了。显然大家已经不再信任她了。你能告诉我这种态度的转变是从什么时候开始的吗？"

"态度……你是说村子里的人什么时候开始不信任她吗？你应该也能猜到：就是在南茜·比尔顿死后。但其实修女在那之前就已经变了。"

"这个问题可能比较难，但我希望你能回答我，布雷斯韦特，你觉得是儿童院长害死南茜·比尔顿的吗？"

"是的，恐怕是的。我没法给你什么确凿的证据，这只是一种不祥的感觉。"

"那村民们对你的想法有什么看法？"

"我不知道。我从来没有问过别人，也从来没有和任何人聊起过这件事。但我想这种不信任感的蔓延也是因为村里人也不确定到底是不是她干的。但是他们不会承认的，更何况的确一直没有证据。"

她叹了一口气继续说道："你肯定在想，那我为什么要来浪费你的时间。我专门拦下你是因为我对这起凶案有一个猜测。瑞丁夫人说莫妮卡修女酗酒。我可以想象。她可能是想忘记——很多想要忘记的事。她知道村里的人们已经对她有意见了，她的统治力已经不复存在了。这个女士是一个控制欲很强的人，我想如果她喝醉了，她很可能会吹嘘起自己干过的事。我的语言组织能力不好，但你能理解我的意思吗？"

"可以。你觉得她向某个人吹嘘是她杀死了南茜·比尔顿，这个人便自行替天行道，伸张正义？"

"是的，我想这是村里人会杀人的唯一理由了——他们觉得只有这样才能伸张正义。"

"我对你说的话很感兴趣，布雷斯韦特。我也有过这种想法，但是这其中还有别的复杂因素，恕我现在不方便告诉你。"

布雷斯韦特怔怔地看着远方：太阳已经落山了，但天空依然是明晃晃的；每棵树，每根树枝和每一朵花都能看得清清楚楚。傍晚的庄园很安静，空气似乎都没有一丝扰动。她突然开口说道："如果你听到这种坦白——或吹嘘，你知道这个女人永远不可能受到正义的制裁——因为根本没有证据——你难道不会想要亲自动手吗？"

"我希望我不会。"麦克唐纳干脆地说。

4

她说完便走了，麦克唐纳也没有多说什么，只是看着她那穿着丝绸长裙的背影迈着依旧平稳的步伐，沿着那条小道离开了。她走得很小心，似乎一直在提防着不要失足滚下去。当她的身影消失后，麦克唐纳拿出了里夫斯的报告，借着微弱的蓝色天光看了起来。云雀发出短促的叫声，画眉鸟和乌鸫则仰着脖子唱出婉转的歌谣。里夫斯写给麦克唐纳的报告非常独特。那是用口语速记法记录的。对于一个不了解里夫斯遣词的人来说，这份报告晦涩难懂。但麦克唐纳一眼便看懂了。

里夫斯先写道："谁在推动"——是谁闯进了小木屋，把那个旧包放在了麻袋下。里夫斯觉得这个推理可以替代原先所谓"她头晕"的说法。他认为那些知道费伦斯和桑德森昨晚进行实验的人都是有嫌疑的人。他首先调查了他们的鞋印。里夫斯假称自己要测试水流的速度，带一些嫌犯走到了湿润的河边。当他们对他的测试提出建议和看法时，他暗中记下了他们的鞋印。其中有三人的鞋印很好分辨。农夫摩尔穿着马蹄形鞋跟的厚钉靴；电工威尔森鞋跟上有橡胶花纹；维纳也穿着钉靴，右脚的靴子少了两枚钉子。经过测量和比对后，里夫斯沿着从磨坊到格里夫的小屋最常走的小道进行了一番"初步勘察"。这条路要先沿着河边的一条即使在8月也泥泞不堪的小道走上1.5公里。所以当通过这条路走进树林时，要经过两个"浪口"——也就是支流汇入河流的地方。里夫斯在河边的浪口发现了维纳的脚印，朝向木屋的方向。但事情没有这么简单。在这"往外走"的脚印里，右脚只少了一枚铁钉。里夫斯发现"往回走"的脚印里有关键的信息：维纳回家时，鞋子上又少了一枚鞋钉。

在麦克唐纳与杨太太和汉娜交谈时，里夫斯一直待在树林里，翻找着木屋周边的地面。他记得他们来的时候经过一块石头地———直延伸到小屋边——石头很可能会磨掉旧靴子上的鞋钉。

里夫斯报告的结语很简单："我找到了那枚钉子。这证据足以定罪。"

第十七章

1

麦克唐纳依然坐在和布雷斯韦特小姐交谈的长凳上。天空蒙上了一层灰色，周围的景象也黯淡了下来。没有人从磨坊方向走来，也没有人从村里走来。以前6月的夜晚，大家都喜欢到这条小道上散步，而如今，村里的人却对这里避之不及。麦克唐纳静静地坐在椅子上凝神细听，村里的人声渐渐小去：父母们开始叫孩子们回家，又累又渴的叉草工赶在月亮升起前离开了草场，他们相信明天肯定是一个大晴天；拖拉机的轰鸣声消失了，陡峭的村镇主道上也没有汽车的声音了。大家都回到了自己的家中，和自己的家人言之凿凿地分享自己今天刚听闻的传言。

一只蝙蝠划过了略显苍白的天空，白色的猫头鹰惬意地在温润的低空掠过。麦克唐纳想到莫妮卡·艾米丽·托灵顿。她给整个村子蒙上了一层阴影：现在，他依然能瞥见她的影响力蚕食着这个村子原有的平静和快乐。"皮尔想得没错。"麦克唐纳说，"这里的所有人或多或少都卷入了这件事里。一切都是从他们最初拒绝接受那些他们明知是正确的事开始，于是便一错再错，他们越想隐瞒，事态就越发严重。这一切都该结束了。"

　　暮色越来越深，几乎看不清远处的人影了。麦克唐纳站了起来，安静地沿着庄园的围墙，走过道尔大宅、教堂和格雷玛亚。高大的紫衫和冬青与低矮的灌木篱墙一起将庄园分隔开来，只通过篱笆和矮墙内的大门相连。格雷玛亚笼罩在黑暗中，不过庄园大宅和道尔大宅的一楼都亮着灯。庄园大宅的窗帘拉得死死，但道尔大宅内的灯光则透过窗户，照亮了花园里的鲜花、草地和树篱。约翰·桑德森的住处也亮着灯。村内主道上没有灯火，两边的住户也早已熄灭了蜡烛。

　　快到11点时，麦克唐纳穿过庄园，来到了格雷玛亚的菜园里。他藏在冬青树投下的阴影中，来到了菜园的门前——这扇小小的门正在莫妮卡修女的办公室和门廊中间。他按下门把手，门悄无声息地开了——门轴上显然专门上过油了。麦克唐纳关上门，静静地站在黑暗中。他经常会像这样一个人站在黑暗里感受，无论是大宅、谷仓、商店、公寓还是仓库，黑暗中的建筑总会散发出独特的味道。格雷玛亚是地板打蜡剂、石碳酸和肥皂的味道。虽然这种味道并不友好，但在现代清洁剂之下，还能隐约分辨出这幢古老的房子本来的味道：有些年头的石灰浆，没有防潮层的石墙，在漆层下腐烂的木头，散发出古旧潮气的镶板和地板。尽管这是一个盛夏的夜晚，但这幢房子却依然阴森森的。麦克唐纳闪过一个念头：日后想到勒姆摩尔村，肯定便会想起仲夏的芬芳，干草的香气，还有玫瑰、康乃馨和忍冬的芬芳，伴随着"刻在记忆里的河边特有的香气"——还有花间的椴树，全都沐浴在金色的温暖阳光下。但是格雷玛亚只会在他的记忆里留下冰冷的石头，以及肥皂、清洁剂和打蜡剂的味道。清洁和打扫原本是为了给客人留下一个好印象，而格雷玛亚过度的一尘不染却只是让人望而却步。

他穿过黑暗的走廊，来到狭小的门厅。他可以看到一块方形的灯影——是前门边的菱形窗户中投射出来的——他还能听到轻微的窸窣声，似乎有老鼠在黑暗中啃噬着古老的木梁。这种老房子里要是不养猫，总是不可避免地会闹老鼠。"她肯定觉得猫不干净。"麦克唐纳倒是喜欢猫。他没有发出一点声响，缓慢地走上楼梯，来到了一楼，坐在了最上面的台阶上。现在，这座儿童院里很宁静。里夫斯也在这里——某个地方——就像一个尽责的看门狗，也是让他安心的后援。里夫斯可能会在任何一个角落。他就像一个沉默的影子，紧盯着这座房子，也守护着这座房子。里夫斯是一个很尽责的人，他肯定已经悄悄地去看过两位已经睡下的女士。

现在能做的事只有等待了。麦克唐纳在台阶上换了一个舒服的姿势。正如他和里夫斯说的："等待一个来'推动'的人。"

2

到了午夜，儿童院里依然静悄悄的。教堂的大钟似乎刻意要和大本钟比试谁更加稳重，慢吞吞地敲了12下。突然，麦克唐纳感觉到了什么。原本冷飕飕的楼梯间突然涌入了一阵温暖的风。有人悄悄地打开了菜园的门。门肯定还大开着，带着干草和鲜花香气的暖风将这幢石头大宅里的阴冷一扫而空。清洁剂的味道和花香混杂在一起，反而有种奇妙的感觉。门外夜莺的声音也似乎嘹亮了起来。

麦克唐纳站了起来，悄悄往左缩了缩，屏息等待楼下传来的声音。很快，他就听到一阵脚步声。来人穿着拖鞋，虽然他努力不发出任何声响，可无奈他沉重的身躯还是让木头地板在挤压下发出了轻微的声音……咔嗒……咔嗒……咔嗒。"儿童院长半夜散步回来时肯定就是从这扇门上楼。"麦克唐纳心想。他听到楼下传来一声重重的叹息：夹杂着恐惧、疲惫和焦虑的叹息，在空荡荡的楼道里显得尤为突兀。接着，黑暗中传来窸窣摸索的声音。"办公室的门……那里什么都没有。"麦克唐纳心想（里夫斯肯定都收拾好了）。"会客厅？那里没有什么别的东西，只有勤快的汉娜叠得整整齐齐的床单和被褥，也没有能用来隐藏有用线索的壁橱。厨工宿舍？应该不会，此人肯定也不会去学生宿舍和祈祷室，不该把证据放在那里。我想他应该是要往楼上来了。"

麦克唐纳闪身躲进了身后的房间，屋里的百叶窗挡住了北边的天空洒下的星光，恰好能让他隐去身形。这是孩子们的游乐室，这个"推动者"应该对这个房间没什么兴趣。他站在半开的门后，如果有人提着手电筒，他这个角度可以通过门缝看得一清二楚。"他们肯定需要照明，这地板连猫都会打滑。"麦克唐纳心想，"又是里夫斯的功劳。他想得真周到，把百叶窗都关好了。他是个善于总结经验的小伙子。"

楼梯间传来了响亮的脚步声，虽然麦克唐纳早就注意到艾玛·西克森有些耳聋，但是他不禁还是有些担心这可能会把她吵醒。这位深夜来客显然也是这么想的，他停下了脚步。在那短短的一分钟内，麦克唐纳只能听到沉重的喘气声，沉重，压抑，在黑暗中意外地响亮。接着，来人继续拖着沉重的脚步走到了楼梯上，往走廊右边走去。麦克唐纳顺着门后铰链的缝隙可以看到有一束细长的光：果然用了手电筒。

　　麦克唐纳从门后走出来，贴着门框边的墙。他可以看清整个走廊，但就算来访者这时回过头，也看不到他。在微弱的手电灯光下，麦克唐纳能看到一个黑色的身影。虽然他是一个训练有素的警察，但是也不免吃了一惊。这个身影披着斗篷，蒙着面纱：在微弱的手电筒灯光下，就像是一个穿着老式制服的护士。"要是汉娜看到这一幕，她的尖叫声应该能掀翻房顶。"麦克唐纳心想，"圣灵啊……或者慈悲的天使什么的，保佑我们。我可没想到是这样。"

　　黑色的身影在走廊的尽头往左转了，灯光一闪，只能依稀看到旧墙上一个凸起的轮廓。走廊尽头有一个小屋，原本是儿童院的化妆室，现在已经改装成一个嵌入墙体的柜橱和一个被称作缝纫室的小房间。那里面有一张书桌，一台老式的缝纫机，缝纫机上面还有一个安放布料盒子的架子——棉布、缎带、纽扣、挂钩、一些修补用的布料，还有针线和别针——都安放在不同的盒子里：这是一个收拾得整整齐齐，干净利落的小房间，但是里面没有什么可疑的东西，也藏不下什么人或什么东西。

　　麦克唐纳从房间里走了出来，开始往缝纫室走去。他一直紧贴着墙壁，这样就不会踩到走廊中间的木板，发出什么声音。走廊尽头还有一扇开着门的卧室，他可以躲进去，并观察缝纫室发生的一举一动。他脑中回想着在多年的训练和实践中学会的潜行技巧，一步一步地往前挪动着。麦克唐纳也经常听人提起要如何做到这件难事——在别人高度警惕的情况下，不易察觉地移动。他早已掏空口袋中的零钱包、香烟盒和火柴盒；他拿下了手上的手表；甚至在前几个小时里都没有抽烟。在黑暗中追踪时，这些都是必不可少的。硬币可能会发出意想不到的声音；香烟盒装在口袋里时，可能会刚擦到墙角，发出声音；在寂静里，手表指针的走动都会显得格外刺耳。还有一些需要经过体能和素质训练才能做到的技巧：保持轻微的呼吸声，在下一步可能会滑倒时保持平衡。他就这样慢慢往前移动着。他能听到从缝纫室里传出窸窸窣窣和叮叮当当的声音，还有人在精神紧张的情况下无意识发出的喘息声。

麦克唐纳终于到了门口，向缝纫室里望去。任何一个村里的人看到这幅景象，都可能会吓得歇斯底里。带着斗篷，蒙着面纱的身影正背对着麦克唐纳。他知道这副打扮和神秘的莫妮卡修女一模一样。认识她的人看到这个身影可能都会觉得这是起死回生了。皮尔警官说过："他们很迷信。"假扮成鬼魂——这可真是个好办法。惊魂不定的村民们就算看到了这个身影，也绝对会闭口不提。

3

麦克唐纳看着这个身影翻找着。宽大的斗篷拉到了手肘处，遮住了双手。麦克唐纳知道，他只要悄悄往前走三步，就能把手搭在这个人的肩膀上。但是他没有动，因为他知道会引发怎样的反应——一声惊惧的尖叫和撞翻家具的巨响在这安静的儿童院里肯定会格外刺耳。汉娜·巴罗正躺在楼上休息，麦克唐纳可不是这么不人道的人。不管她因为艰难的生活而做了什么，麦克唐纳都不希望因为他的冒失举动而让她在睡梦中惊醒，再度陷入歇斯底里的状态。再说了，着什么急呢？里夫斯也在这座房子里，他肯定知道来了一位不速之客。他会等麦克唐纳发出信号，再和他一起悄悄地把这位来客迅速拿下。

虽然麦克唐纳看不清这个斗篷来客在做什么，但是通过他的声音和位置，他几乎能猜出一二。有东西上了锁。缝纫室里只有一件上了锁的东西——那架古老的缝纫机的盒盖。"是个不错的藏东西的地方。"麦克唐纳心想，"比什么抽屉、盒子和壁橱都隐秘多了。你看到缝纫机时，只会觉得这是普通的缝纫机，而不是一台可以……"突然，一声巨响打断了他的思忖，他的心跳都几乎漏跳了一拍。这个不速之客笨手笨脚地摆弄着老式的盒盖时，不小心摔在了地板上，发出几乎像末日号角般的响声。"你这个笨蛋……你就不能安静点吗？"这个想法在麦克唐纳脑中一闪而过。但是屋子里没有传来其他响动。过了一分钟，在受惊的不速之客发出的喘息声里，传来锁扣咔嗒的声音。那双颤抖的手泄露了主人的恐惧，呼吸也变得急促起来。这个身影终于转过头，朝向来时的走廊。就在这里，麦克唐纳听到楼上传来一丝声音。有人醒了。

<h1 style="text-align:center">4</h1>

艾玛·西格森被惊醒了。根据她后来的描述，她"全身都是冷汗"。她躲在自己的床上，浑身发抖。接着，她鼓起万分的勇气从床上起身，悄悄走到楼梯口。她的手里拿着一个灯（格雷玛亚的用电量很少，手提灯是儿童院的必需品），那其实是一个换了新电池的自行车灯。她打开车灯，一束光正好照在楼梯口的那个身影上。宽大的斗篷和面纱让她的心一下提到了嗓子眼。

"是修女！上帝啊，是修女……"她大声尖叫了起来。

艾玛·西格森的双手颤抖，车灯从她的手里滚落。她的尖叫声撕裂了沉寂的黑暗。格雷玛亚打过蜡的楼梯极为陡峭，大家都听到有一个沉重的身躯从楼梯上滚了下去，撞到了楼下的墙壁上。

艾玛·西格森还在尖叫。直到里夫斯冷静的声音响起，才让她稍微镇定了些。

"那不是修女，你这个老蠢蛋。有人在假扮她。那不是修女。"

麦克唐纳早已走到了她的身边。他的手电筒照亮了熟悉的楼梯，那个让她惊恐尖叫的身影早已不见了。

"放心，厨娘，那不是鬼魂。鬼魂不会这样滚下楼梯。可怜的汉娜怎么样了？她要是看到了，肯定会吓得魂飞魄散。"

艾玛·西格森没有再继续尖叫。麦克唐纳扶着她的一只手。她还处于半歇斯底里的状态，一边啜泣一边说："你们看看我，我实在受不了……"

"我看着你呢，厨娘。但现在还最好先去看看汉娜还好吗。"麦克唐纳坚持到。他们一起来到了那间狭小的卧室。月光照在她干瘪的脸颊上，她正在熟睡，姿势都还和麦克唐纳离开时一模一样。但是连熟睡中的她也被屋内的响动惊扰而突然打起了鼾；她翻了个身，将一只手垫在脸颊下。灰白的发辫搭在她平静的脸庞上。

"我帮你点蜡烛。"麦克唐纳轻轻地说。不过艾玛·西格森已经慢慢地回过了神。

"不用了，我来看着她吧。"她的声音依然有些颤抖。

"好吧，那我给你送杯茶来，放在门外。"麦克唐纳说。

"谢谢你的好意。"她抽了抽鼻子，说出了一句在麦克唐纳看来堪比大戏序幕的一句话：

"医生总是说这些楼梯总有一天会害死人的，看来他说得没错。"

5

麦克唐纳早就注意到楼下的声音不是里夫斯发出来的，不过里夫斯肯定也没闲着。麦克唐纳总督察跑下楼时，看到大厅里已经点亮了灯，还站着一个人。雷蒙德·费伦斯正弯腰查看一个摔下楼的人。斗篷和面纱都已经揉成一团，丢在一边。很难想象就是这团黑糊糊的东西闹出了这么大的动静。费伦斯站直了身体说道："他还有气……很勉强。他的脖子应该脱臼了，脑袋也受伤了。我们应该叫一辆救护车。"

他似乎有些犹豫，但里夫斯马上说道："我来打电话给米勒姆普赖厄斯。"

他掏出办公室的钥匙，往里面走去。费伦斯对麦克唐纳说："我本来在菜园里，突然听到有人尖叫，我就赶紧过来了。是你的手下让我进来的。"

麦克唐纳点了点看，看向地上这张灰白的脸："你对此知道多少，费伦斯？"

"我什么都不知道。"费伦斯说。他直视着麦克唐纳，"这也轮不到我来做猜测。我没有对你隐瞒任何事，猜测可能性不是我的工作，这可是你的工作。我一开始就说过了，格雷玛亚不归我管。"

"我注意到你对这一点很坚定，"麦克唐纳说，"村里有多少人知道——或者说猜到？"

"如果你说的是指有证据支持的，那我想没有人知道。"费伦斯慢慢地说，"但是这种村子里的人有独特的感觉，我也说不好是怎么回事。不能算是你这种所谓的'调查'，也不是什么直觉。我觉得这只能算是一种觉悟。"

"对于人性的觉悟。"麦克唐纳淡淡地说。"城里人总是小瞧了这种力量的准确性。乡下人对于人性的了解堪比对天气的了解。他们有时做出的判断经常会比心理学家或气象学家都要准。他们为他做了很多。有的人甚至不惜为此犯罪。"

"因为他们都很喜欢他。无论他是不是好人，他做了他们大半辈子的医生，他就是这村庄的一部分。"

麦克唐纳点了点头，低头看着布朗医生。他躺在地上，面如死灰。

"你不明白……"费伦斯突然说。

"我明白……但那也没用。"麦克唐纳说。"你知道没有用。他做出的事远比他想隐瞒的事要恶劣得多。这世上没有干净的杀人犯。"

第十八章

1

"我和你说了我不知道。"雷蒙德·费伦斯依然很坚持。

"那好吧，随你怎么说。"麦克唐纳不置可否地说。

四人——雷蒙德、安妮、麦克唐纳和里夫斯——坐在道尔大宅的草坪上。里夫斯趴在地上，正在用手做一个雏菊花环。安妮·费伦斯饶有兴致地看着他，然后开口说道：

"到底什么才是知晓？这个词就像'智慧'一样难以捉摸。如果让我上证人席，我说：'我知道她很邪恶。'你就会要我拿出证据和详细的说明。如果我说：'我就是有感觉，能看出一个人的邪恶——只要我的拇指一痛①。'那法官肯定会责骂我出言不逊，说感觉是没有证据的吧？"

"可能吧。"麦克唐纳说。这时，里夫斯突然小声说：

_____
① 《麦克白》中的台词，女巫因拇指刺痛可感应邪恶降临。

"那得看法官了。他虽然不会将你的感觉作为证据，但这会给他留下印象。有些法官是感性和理性并存的。抱歉，不用在意我说的话。"

麦克唐纳继续说道："我第一次找你的时候，费伦斯医生，我以为你会说很多关于布朗医生的事：说一些他的观点，让我去找他获取证据，说医护人员都是自愿宣过誓，有共同的职业道德感。但是在我们的对话中，你一次也没提到过布朗医生。只要一提到格雷玛亚，你也只会说：'那不关我的事，我对大家都说，我不关心格雷玛亚的事。'在我看来，你显然不想提及布朗医生。由于你一开始就坚持你不关心格雷玛亚的事——那我就引用费伦斯太太刚刚说的话：你第一次去那个古老的慈善机构，第一次遇到儿童院长和医生时，你的拇指痛了吗？"

"当然了，你说得没错，总督察。"安妮·费伦斯说，"雷蒙德天生坦诚，也不会做卑鄙之事。这两种品质总是让他陷入心理上的挣扎。他当初一开始就发现'那个古老的慈善机构'里有猫腻。我看得出来。如果他是那种什么都和妻子说的丈夫，他肯定会和我说：'那个该死的老傻瓜肯定和那个阴森森的老女人有什么勾当，她肯定有他的把柄。'但是他没有这么说。尽管我知道他心里是这么想的，但是他连我都没告诉。

"你怎么知道的？"雷蒙德愤愤地问道。

"因为我说莫妮卡修女很邪恶时，你责备我的样子。你很害怕，还嘱咐我要加倍谨慎。你就是让我不要接近莫妮卡修女。所以我觉得这里面肯定有什么事。"

里夫斯坐起了身："这不是证据，但是这种看法可比大多数证据都有趣多了。人们的想法比我们警方办案可用的法子有用多了。"

"好了，"麦克唐纳示意里夫斯，"费伦斯太太直接给出了负面的评价。但是人们没说出口的话与他们说出口的话一样重要。还有一点：费伦斯医生赞成意外的裁定。既然我们说明白了这些事，再来看看这些能写进正式报告里的证据。首先来看看解剖报告。"

"最关键的信息就是：枕骨上的瘀伤、尸体内含有的酒精和不完整的处女膜。"费伦斯说。

麦克唐纳点了点头："还有死者投资的事实。这些信息都很重要。脑后的瘀伤最有可能是遭到棍棒击打造成的；一根有较重球形把手或杖节的拐杖就可以做到。如果用那种金属包箍加固的拐杖，敲击的速度就能弥补重量的不足。里夫斯和我都不觉得这瘀伤是因为头碰到桥把手而造成的。"

"我还希望你会提出再在桥上做一次实验呢，先生。"里夫斯对费伦斯说，"你在桥上用后脑撞到栏杆试试，对于高个子来说，这几乎不可能。"

"我一直都是这么认为的，"费伦斯说，"但我的想法不是证据。"

"我们先不要争辩这件事。"麦克唐纳说，"第一个谜已经解决了——脑后的瘀伤。接下来是体内的酒精。我从来没有和任何人说验尸报告称死者有酒瘾，或者在淹死时神志不清。我心里认为她绝对不是这样的。从格雷玛亚去往磨坊的路很陡峭，也很危险，行走的时候一定要小心。如果死者走那条小路时喝醉了，她很可能会直接摔下去，一路摔到坡底的草坪上。那她肯定会浑身是伤，但事实上，她身上没有伤痕。我想明白这件事后，才意识到她人尽皆知的头晕病只会在非常特殊的时候出现。一次是在儿童院里，她从楼梯上摔下来；还有一次就是在有栏杆防护的桥上。但奇怪的是，在那段危险的小路上倒是相安无事。"

"所以你觉得头晕病与本案无关？"安妮问道。

"不，我觉得是有关的。"麦克唐纳说，"她的头晕病很明显。死者曾经从楼梯上摔下来。我觉得这与本案的关联很大。我没有排除这个因素，而是仔细探查，并发现这与酒有关。我觉得就一个平时滴酒不沾的女人，一点高纯度的酒就会'头晕'。她没喝过酒，对酒精很敏感。让她不知不觉中摄入酒精的办法就是，给死者开含有高浓度酒精的消化药物。浓烈的薄荷味可以掩盖酒精的味道。"

"但是她不会闻到白兰地的味道吗?"安妮忍不住插话道。

"我可没有提到白兰地,费伦斯太太。我说的是酒精。纯酒精虽然有刺激性的味道,但和白兰地的味道还是大相径庭。一点点纯酒精的效果都很强烈。一般都是自然学家和植物学家用来保存植物标本用的。"

"藻类,"里夫斯说道,"螺旋藻,还有双星藻和角星鼓藻。我做这行也学了不少专业的词。"

"那可真了不起,"雷蒙德说,"我也应该想到的。我在那老人家里,看到他在试管里用纯酒精保存藻类,但是我没把这一切联系起来。"

2

"她的头晕有一种解释,"麦克唐纳说,"这是唯一的解释,但非常合理。如果这是刻意事前诱发的头晕,这就能解释所有事了。'修女的头晕很严重。'到时候,如果看上去不像是意外,病理学家和法医调查起来,那瓶失踪的白兰地也能解释一切。那是一瓶战前的白兰地,酒精纯度很高。不过这一切终归还只是一个假设,于是我开始考虑其他的因素，特别是那些钱——由不识字的汉娜以'挂号信'的名义寄给建筑协会投资的现金。"

"勒索。"雷蒙德简短地说。

"我觉得这是最可能的解释。"麦克唐纳说，"于是我查了查，十年来，这村子里有谁的经济实力能支撑每年被人勒索200英镑？这个数额几乎可以排除村里的大部分人。维纳夫妇、杨太太、威尔逊和多恩——他们十年来能每周支付4英镑吗？当然不可能了，光是想想都觉得可笑。这几乎能赶上他们四分之三的收入了。排除了村民后，桑德森当然也不可能了——他才来这里工作了两年半。费伦斯医生也不可能，他才刚搬过来。当然了，我自然会想到最有钱的人——詹姆斯爵士和瑞丁夫人。我几经考虑后排除了詹姆斯爵士。如果詹姆斯爵士出于某种原因遭到托灵顿小姐勒索，瑞丁夫人肯定不会如此推崇院长。换句话来说，如果詹姆斯·瑞丁爵士早年和院长有什么瓜葛，瑞丁夫人肯定早就把她除掉了；她绝对不会容忍这种对她尊严的侮辱。"

"但万一瑞丁夫人不知道呢？"安妮问道。

"她肯定会知道，"麦克唐纳说，"如果你觉得她是个蠢笨的女人，那你就大错特错了。她可一点都不蠢。瑞丁夫人能靠饲养纯种奶牛、奶制品、混合农业和菜场赚不少钱。她头脑精明。村里有流言说她从黑市进了大量黄油，我觉得只是无稽之谈。她当初为了让自家庄园的农业开拓成功的道路，对规章制度和惩罚措施都烂熟于心。她根本犯不上去黑市铤而走险。我觉得她们这一代人在做生意时总是会很坦诚。也许她的杀价很狠，但是她天生便认为不该为了不到10英镑一磅的黄油而毁了自己的尊严和名声。对畜牧业略有了解的人也会告诉你：就算贩卖不到10英镑一磅的黄油也不会有什么暴利。”

“没错，”安妮说，“你说得没错，她很精明。我们以前还经常会私下笑话她的大排场。但是，总督察先生，既然她很精明，她会不知道自己家门外发生了这些事吗？连你一个局外人都能拼凑出大概了。”

里夫斯回答了这个问题：“她知道的。”他面无表情地说。“虽然这么说没有证据。但我听到她说话的样子就知道了，就像费伦斯太太，你知道儿童院长是个邪恶的人一样。作为一个出身于20世纪早期的贵族夫人，瑞丁太太深谙其中的门道。贵族夫人就应该睁一只眼，闭一只眼。这些奇怪的事发生在她自己家之外，况且布朗医生和儿童院长都是对她来说很有用的人。”

安妮·费伦斯若有所思地看着他：“你坐在这里安静地编着花环……但说出来的话总是振聋发聩。”

3

"我们该继续梳理证据了。"麦克唐纳说,"里夫斯现在不当班,想说什么都行。他没有证据佐证瑞丁夫人早就知道她的医生和儿童院长这些年来一直勾搭在一起,但是我也认为瑞丁夫人会为了自己的利益而睁一只眼闭一只眼,就像以前的贵族夫人一样。我也坚持认为这位'夫人'绝对不会容许自己家出现逾矩之举。瑞丁夫人给儿童院长撑腰恰恰让我明白,詹姆斯爵士与此事绝对没有关系。维纳和他的妻子也可以因此排除。他们都说托灵顿小姐非常完美,所以他们也没有被她勒索。这些都只是假设,所以我需要进一步的事实证据。费伦斯和管家的实验很好地证明死者不可能摔倒在那座桥上。桑德森积极帮忙参与实验,说明他也不大可能是凶手。但我顺着山坡来回走了一两次后,又有了新的想法。我和里夫斯猜测死者是来磨坊边见某个人,而且他们已经在这个地方会面多次。但是为什么要选择磨坊边?我觉得格雷玛亚边的菜园,或者我和布雷斯韦特小姐交谈时所坐的长椅,都是更加方便的会面地点。为什么不选择那些地方?原因就是这陡峭的山坡。对于一个年老多病的人来说,要爬上山坡实在是太费力了。布朗医生就是一位因年纪太大而爬坡困难的老人，他那辆古董车也很吵，村里人都听得出那种轰鸣声。这些都是没有确凿证据的推论，但符合其他的可能性。"

"你都让我起鸡皮疙瘩了，"安妮说，"我猜到你肯定很擅长发掘真相，但我没想到你还会考虑到人们各自的性格，或者说你注意到了大家的行为习惯。你对我——或雷蒙德是怎么看的?"

"我觉得你是我见过最乐天的人，费伦斯太太。"麦克唐纳说，"你让我想到了高更的那种色彩艳丽的名画。我觉得你看上去是一个很快乐的人，那你的丈夫应该过着非常满足的生活，还是一个非常幸运的男人。"

雷蒙德大笑了起来："你可真厉害。的确——你说得没错，的确。"

里夫斯又坐了起来："气质，"他注视着雷蒙德，"这些天我们一直关注的就是气质。你的气质属于基于内心的那种明朗磊落。对警察来说，没有一点值得怀疑的地方。"

4

"我们还是再言归正传。"麦克唐纳说，"只聊事实和证据。村里的人都很不配合，这是让皮尔警官很恼火的事实。他们都坚持修女很完美。我想办法推翻了这个说辞，他们承认'修女变了'，但是却依然坚持是意外死亡。没有人愿意透露任何有利于调查的事实。简而言之，他们就是不希望我们顺利地开展调查。费伦斯和桑德森推翻了死者在桥上摔倒的说法后，维纳对他们很生气。我觉得这村子里的人，和其他村子一样，大概知道到底发生了什么。他们在努力保护他们心中的好人。当有人专门跑到格里夫的小屋里安放证据时，我意识到村里人其实对这个人很感激。"

"流浪汉，"里夫斯一脸嫌恶地插嘴，"永远别想尝试这一招。这些蠢货，真是不把郡警察的工作放在眼里。流浪汉也不是隐形人。郡警察的日常工作之一就是知道郡里的流浪汉都在哪里。他们随时都可以找到他们想找的流浪汉，并核对他们的活动——无论是真实的还是臆想的。村里人把刑事侦缉处的人都当傻子倒是无妨。毕竟我们都是外来的陌生人。但是他们连自己地区的警察都看不起。"

"没错。"麦克唐纳表示同意，"维纳把他在河里找到的空包放在小木屋里属实太愚蠢了，这也让他成了帮凶。"

"只有强烈的情感才能让理智的家伙疯狂。"里夫斯说。

5

　　"我们继续来说汉娜，她的个性很完美。"麦克唐纳说，"她目不识丁，可能是因为儿童时期遭受的惊吓所致。但是她却能发现一些就算是高学历的人也可能不会注意到的事。她注意到了修女的嘴里有酒气。皮尔去格雷玛亚'到处探查不该探查的东西'后，汉娜自己也四处查看了一番。她发现她的柜橱架子上藏着两瓶她自己从来没用过的药，放在她够不到的地方。汉娜不知道这些药是什么，也不知道为什么会放在她的柜橱里。她不认得标签上的字，但是她觉察到这有些古怪。可惜皮尔对她的言辞过于激烈，吓到了她。她原本就是个又精明又有些孩子气的人，于是她决定最好还是扔掉这两瓶药。也许这是毒药，如果有人毒死了修女，汉娜可不希望别人在她的柜橱里找到这些药瓶。于是她赶忙把这些瓶子埋进了菜园里，还在无意间弄丢了一把扳手。"

　　"那些药里掺杂了酒精吗?"雷蒙德问道。

　　"没有。"麦克唐纳说，"那只是普通的药。为了方便你们理解，我就从头开始说吧。有些你们可能已经知道了，有些你们可能和我一样也猜到了，还有一些是布朗医生死前告诉我的。故事是这样的。布朗的妻子很多年前发疯了。这场悲剧让他陷入痛苦之中，转而投向托灵顿小姐寻找安慰，最终，她成了他的情妇。这不算什么不平常的事。如果只是一个悲痛的中年男人和一个普通的女人，这也许会和其他的不伦恋一样，来得快，去得也快。但是托灵顿小姐可不是普通的女人。在她温顺的外表下有一颗贪婪和强势的心。她甚至问他要钱，他也给了她。不知不觉中，她变得像一个守财奴，把这些钱全都存了起来。这种状况持续了很多年，直到布朗医生退休了，准备离开米勒姆摩尔，搬到威尔特郡，矛盾便爆发了。托灵顿小姐的野心日益膨胀，她要求布朗医生娶她，但老布朗拒绝了。于是，托灵顿小姐告诉他，根据维多利亚时期的民风，她会跟他到天涯海角，并把他做的事都说出去。布朗医生老了，他已经筋疲力尽。他想要离开米勒姆摩尔村和托灵顿小姐的掌控。一想到她还要跟着他，那简直宛如噩梦。他终于看清了她的真面目和她的能耐。"

"这时候是不是就该提到南茜·比尔顿的鬼魂了？"费伦斯问道。

"是的——就是缠着布朗医生的鬼魂。他一直知道南茜·比尔顿死的那晚，正是他和托灵顿小姐约好在河边见面的一晚。他和院长总是会约好在磨坊后见面，因为他不会请她到他的家中拿钱，他的心脏不好，爬坡可能会要他半条命。他越想越笃定，当晚就是莫妮卡·艾米丽·托灵顿发现南茜·比尔顿在暗中窥视他们，就把她推入了水中。虽然事实真相如何，我们已经无从得知了。但是，因为布朗确信，事实就是如此，所以他觉得他应该像莫妮卡·艾米丽杀死南茜·比尔顿一样，杀死莫妮卡·艾米丽。"

"我能明白，"费伦斯说，"她缠着他，不放他走。这听起来的确是她会做的事。但是我不明白他为什么不在去格雷玛亚的时候给她钱？他明明每周都会去那里一次。"

"汉娜可以回答这个问题。"麦克唐纳说，"很多年前，儿童院长就规定了医生来访的流程。整个过程非常讲究。汉娜会将他迎到楼上，儿童院长会在医务室等他。汉娜作为一名护士，在医生为孩子们问诊时，会一直陪伴在侧。如果有孩子卧床，汉娜会陪院长和医生一起去孩子的宿舍。这是医院里常见的流程。医生问诊期间，汉娜会一直陪在他们身边——或几乎一直陪伴着——接着，汉娜会送医生出门。"

"等一下，"费伦斯说，"那你猜测掺杂酒精的那些药……"

"的确掺了酒精。布朗告诉我的，"麦克唐纳说，"我猜得没错。"

"然后他亲自把药给她？"

"不，他很狡猾。药是药剂师给她的。"

"那他到底是怎么在药里掺杂酒精的？你说汉娜会一

直跟着他的。"

麦克唐纳从口袋里掏出一本记录本："这是汉娜的口供，你看看能不能找到其中的漏洞。"

费伦斯仔细地看了一遍："我看不出来他是怎么做到的。她可能把药锁在另一半壁橱里，汉娜看不到的地方。但是他是怎么接触到那些药的？"

"趁汉娜去楼下看孩子，儿童院长在自己的笔记本上抄写给药剂师开的药时，"麦克唐纳说，"如果汉娜看到他在药柜里翻找，也不会觉得奇怪。'他经常会取笑我们的药橱。'只要汉娜离开几分钟，院长又忙着抄写的时候，布朗便抓紧机会，在消化药里掺杂了酒精。顺便，我还要告诉你，他把没有知觉的莫妮卡·艾米丽推入河里后还是爬到了山上，把她包里的东西都扔了下去。他用她包里的钥匙打开了菜园的门，来到医务室，拿走了掺酒精的药，换成了普通的药。又因为他知道托灵顿小姐喜欢把东西藏在意想不到的地方，他就把这些普通的药放进了汉娜的柜橱里，暗中希望她会把这些药交给警方。他还拿走了那瓶白兰地。虽然听起来很复杂，但其中的逻辑很缜密。然而，汉娜偷偷扔掉了药瓶，反而破坏了他的计划。"

"我还是不懂这有什么要紧的。"安妮说。

"因为你心思善良，费伦斯太太。布朗很聪明，他告诉我自己给儿童院长开了药，全都写在药剂师的药单上了。他计划的关键就是，必须让我们找到那些普通的药瓶，这样才不会招致任何怀疑。我告诉他我找不到药瓶，他便慌了。他认为他的计划肯定出错了。他猜到肯定是汉娜扔掉了橱柜里的药瓶。于是他穿上之前他潜入儿童院时偷走的院长斗篷，假扮成鬼魂，艰难地爬上山，想把药瓶藏在一个恰当的地方，引我发现。他的想法很合理。一切都没有直接的证据。没有人看到他击晕了院长，并把她推入了河里。就算村里有人知道他和儿童院长曾经的旧事，并猜到他可能是凶手，他们肯定也不会多说什么。法官也会接受死者在酒精的影响下摔入溪流中的说法。"

"但是他为什么就不能干脆不去呢？"费伦斯问道。

"因为我对药瓶的问题不依不饶。"麦克唐纳说，"布朗不蠢。他知道我会问起她之前摔倒的事——人尽皆知的头晕病。每次都是在饭后一段时间发作的。'餐后服用，每天三次。'就像那些处方上写的那样，'每日三次'。他自己意识到了，也觉得我可能也注意到了。所以，必须要让我发现那些药藏在某个地方，否则我会安排全面的搜查。他觉得只要自己能证明这些药是无害的，就没有任何能针对他的证据了。"

"只要村里人不乱说话，他就不会有事，"里夫斯说，"他给的钱——隔段时间就会给她几英镑钞票——几乎不会留下任何证据。你没有办法证明一个人把钱花在哪里，或没花在哪里。只有支票和大额的现金支出才能证明。那些钱可能是任何人的钱。至于说动机——村里的任何人都可能有动机。"

费伦斯突然笑了："但是只有医生才能准确地让人每天三次都在饭后头晕。恭喜你们破了案子。我很欣赏头脑聪明的人。"

安妮对麦克唐纳问道："有人和你提起过布朗医生吗——你的那些主要证人们？"

"没有。他们都对他避而不谈，或者说些意料之中的话。"

"那我可要记住这个教训。"她若有所思地说。

里夫斯突然站了起来。"忘了吧，"他边说边把手里的雏菊花环往安妮的脖子上一套，"你不用操心这种事。你应该劝夫人从村子外再找一对觉得前任院长只是一个笑话，并喜欢种西葫芦的年轻夫妇来打理格雷玛亚。你戴这个花环很好看。"他边说边满意地看着自己的花环。

"忘了吧。"安妮小声说，"这个建议不错，我会说说看。但是我不会忘记你俩的。"

"谢谢你了。"麦克唐纳笑着说道。

完

图书在版编目（CIP）数据

水磨坊疑案 /（英）伊迪丝·卡罗琳·里韦特著；朱琦译.
— 北京：中国青年出版社，2021.5
书名原文：*Murder in the Mill-Race:A Devon Mystery*
ISBN 978-7-5153-6402-5

Ⅰ.①水… Ⅱ.①伊… ②朱… Ⅲ.①长篇小说—英国—现
代 Ⅳ.①I561.45

中国版本图书馆CIP数据核字（2021）第092044号

北京市版权局著作权合同登记号
图字：01-2020-6878
This edition published 2019 by
The British Library
96 Euston Road
London NW1 2DB
© The British Library Board

责任编辑：彭岩　刘晓宇
*
中国青年出版社出版　发行
社址：北京东四十二条21号　邮政编码：100708
网址：www.cyp.com.cn
编辑部电话：（010）57350407　门市部电话：（010）57350370
北京中科印刷有限公司印刷　新华书店经销
*
889×1194　1/32　9.125印张　160千字
2021年8月北京第1版　2021年8月北京第1次印刷
定价：42.00元
本书如有印装质量问题，请凭购书发票与质检部联系调换
联系电话：（010）57350337